그렇게 보낼 인생이 아니다

그렇게 보낼 인생이 아니다

아난드 딜바르
장편소설

정혜미
옮김

레드스톤

"마르코 아메즈쿠아 선생님,
곁을 허락해주어 기쁘게 생각합니다."

"일시적 안전을 위해 자유를 포기하면
자유는 물론이고 안전도 누릴 수 없다."

-벤자민 프랭클린

"가장 어려운 건 죽고 다시 태어나는 것이다." -석가모니
"이 삶이 내가 나답게 살아갈 유일한 기회란 걸 이해하게 되었다."
- 〈그렇게 보낼 인생이 아니다〉

"이 책은 여러 번 다시 읽을 가치가 충분하다. 문체가 단순하고 사실적이며 흥미롭다. 세상에 자신의 문제나 두려움, 수치심의 노예가 아닌 사람이 누가 있을까? 작가는 독자의 손을 잡고 마음의 우주를 민첩하게 헤쳐나가 건강한 자아와 만나게 해준다.

작가는 아메리카 게슈탈트 대학교(Gestalt University of America)에서 수학했다. 긴 시간 동안 동양을 여행했고 인도에 머물렀다.

이야기의 주인공은 우리 모두를 상징한다. 그를 통하여 인생에서 중요치 않은 것들의 허상에 빠져 주변에 가득한 기

적을 보지 못하게 된다는 사실을 깨닫는다. 무언가를 잃고 나서야 비로소 그 소중함을 알게 된다는 진실을 목격한다. 이 책은 당신을 끊임없이 깨어나게 만들 것이다. 읽기 시작 하면 멈출 수 없다. 이 책은 삶을 찬양하는 한 편의 시다."

-엑토르 살라마 페뇨스(Hector Salama Penhos) 박사

아메리카 게슈탈트 대학교 학장

• 제1장 •

정신이 들자 무언가 심각하게 잘못되고 있다는 걸 느낄 수 있었다. 눈을 멀게 할 것 같은 강렬한 빛이 쏟아져 눈이 아팠지만 깜박일 수가 없었다. 눈길을 돌려보려 했고 팔을 움직여 손으로 눈을 가리려고도 했지만 그럴 수 없었다. 온 몸이 마비된 것처럼 움직이질 않았고, 이전에 느껴보지 못한 극심한 고통과 한기가 느껴졌다.

소리 질러 도움을 청하려고 해봤지만 소용없었다. 목을 찌르는 무언가가 입안으로 들어와 있었고, 천둥처럼 소름끼치는 소음이 귓전을 때렸다.

그렇게 몇 시간이 흐르자 나는 자포자기 상태에 이르렀

다. 시종일관 지속된 몇 가지 생각들이 머릿속 고통을 걸러내자 절망감은 조금씩 공포로 변해가기 시작했다

'여기가 어디지?'

'나에게 무슨 일이 일어난 것일까?'

'죽어버린 걸까….'

나는 고통과 두려움과 불길한 생각에 뒤섞여 의식을 잃어버렸다. 아, 차라리 다행이다. 작은 휴식을 얻게 되었으니.

다시 깨어나기까지 몇 시간, 혹은 며칠이 지난 것인지 알 수 없었다. 여전히 눈을 부릅뜨고 있었지만 움직일 수 없었다. 고통은 조금 줄어들었고, 빛은 아직도 두 눈을 부시게 했지만 전보다 견딜 만했다. 그제야 끔찍하게 들려오는 소리가 깊고 무거운, 힘겨운 숨소리란 걸 알게 되었다.

'절대로 내 숨소리는 아닐 거야.'

그것만큼은 확실했다.

육체적 고통이 조금 잦아들자 새로운 종류의 고통이 문을 열었다. 마음속이 우글와글 시끄러웠고, 무엇보다 당장 답을 알고 싶다는 급격한 충동이 일었다.

'내가 정말로 죽어버린 것일까?'

'귀를 괴롭히는 건 누구 숨소리일까?'

'내 입속, 목구멍을 아프게 하는 건 대체 뭐지?'

내 생각에 어제쯤 되는 기억이 차츰 떠올랐다. 파티와 술, 여자친구 라우라와의 말다툼, 지나치게 흥분한 나, 망할 놈의 약을 끈질기게 권하던 에드워드가 떠올랐다.

"제발 술 좀 그만 마셔. 그러다 죽으면 어떡하려고 그래? 그걸 원하는 거야?"

라우라가 소리쳤다.

"죽고 싶은 게 아냐. 그냥 벗어나고 싶은 거라고!"

"대체 뭘, 어디로 벗어나고 싶은데? 자긴 제정신이 아니야."

"그래, 난 미쳤고, 넌 나를 이해 못 해. 아무도 날 이해하지 못할 거야."

에드워드에게 건네받은 파란 알약 두 개를 입안에 털어넣었다. 그게 마지막 기억이다.

'세상에! 용케도 해냈군. 난 자살하고 만 거다. 일어날 수 없는 일이지! 그런데 이상해. 왜 움직일 수가 없는 거지? 왜 눈을 감을 수가 없는 거냐고?

이 바보 멍청이 같은 놈이 기어코 자기를 독살한 거야. 지금 난 내가 저지른 일의 대가로 지옥에 와 있는 거고…. 내가

상상했던 것보다 더 나쁘군.'

나는 사후세계를 믿지 않지만 그 순간은 달리 설명할 방법이 떠오르지 않았다.

'오 하느님, 제발 저를 용서해주세요! 한 번만 더 기회를 주세요.'

문이 열리는 소리에 꼬리를 물던 생각이 멈췄다. 여자 목소리가 들렸다.

"고물 덩어리가 더럽게 시끄럽네!"

"하지만 저게 우리 병원에 하나밖에 없는 귀하신 몸이야. 여기가 어떤 곳인지 알잖아."

남자가 그렇게 대답했다.

"어떻게 인공호흡기가 딱 하나밖에 없을 수 있지?"

"뭐 어쩌겠어. 그저 할 수 있는 대로 돌려쓰는 거지."

"근데 이 사람은 지금 어떤 상태죠?"

"완전히 맛이 갔어. 그 덮개 한번 벗겨봐."

얼굴에서 덮개가 걷히는 것이 느껴졌다. 소스라치게 놀란 표정으로 눈을 동그랗게 뜬 여자 얼굴이 보였다. 흰 간호사복을 입고 있다.

"이 사람 깨어났어요!"

옆에 서 있던 남자가 자세히 들여다보려고 몸을 기울였다.

"아냐, 처음 실려 올 때부터 저랬어. 응급실에 도착했을 때, 응급요원이 말하길 사고를 당했는데, 잔뜩 취한 것 같다고 하더군. 그때는 의식이 있었어. 계속 '라우라, 미안해.'란 말을 반복했거든. 그 뒤로 의식불명에 빠졌는데, 일종의 사후 경직 같은 게 일어난 거 같아. 눈꺼풀을 감길 수가 없어."

"가엾어라! 차라리 죽는 게 나을 뻔했네."

"우리가 나을 뻔했다는 뜻이지? 식물인간을 살려놓게 되었으니 말야. 다른 사람이 쓸 병상만 차지하고, 이 무슨 낭비야!"

"혹시 이 사람이 듣거나 보거나, 뭔가를 느낄까요?"

"당연히 아니지. 이거 봐."

튜브 하나가 침대에 가까워지는 게 보였고 팔에 찌르는 듯한 고통이 느껴졌다.

'악! 아프잖아, 이 자식아! 난 살아있어. 나 깨어났다고! 도와달란 말야!!!'

이렇게 외쳐보려 했지만 허사였다.

"온 김에 링거 주사를 좀 갈아주는 게 좋겠군. 어쨌든 누군가는 식물에 물을 줘야 할 테니 말야."

두 사람은 킬킬대며 웃었다. 분노와 절망이 엄습해왔다.

남자가 방을 나갔다. 여자는 병상 옆에 걸려 있는 링거 병을 바꾸고는 황급히 뒤따라나갔다.

이로써 몇 가지 답을 얻을 수 있었다. 두 사람이 나눈 대화를 머릿속에서 되살려보았다.

'식물인간, 식물인간….'

'사고….'

'의식불명에 빠진….'

'라우라, 미안해….'

'누군가는 식물에 물을 줘야….'

• 제 2 장 •

　며칠 만에 처음으로 병실 안을 조금 살펴볼 수 있었다. 다시 말해, 고정된 내 시야 안에 들어오는 병실 일부를 살펴볼 수 있었다.

　천장 위로 당장이라도 떨어질 것만 같은 싸구려 네온등이 매달려 있다. 병상 오른쪽엔 간호사가 와서 하루에 한 번씩 갈아주는 링거 걸이가 놓여 있다. 오른쪽 더 멀리로는 지금은 내 숨소리라는 걸 알게 된, 거친 소리에 맞춰 오르내리는 펌프 같은 검은 송풍기 장치가 꾸려져 있었다.

　'어휴, 이 끔찍한 소리가 내 삶의 소리라니….'

　왼쪽으로는 스위치, 점멸등, 화면이 달린 복잡한 모양의 기계가 있었다. 이것이 내 호흡과 심장박동을 조절하고, 위장으로 연결된 튜브를 통해 영양을 투여한다는 걸 나중에 알았다.

기계 뒤로는 내 고통의 크나큰 원천인 창문이 있었다. 매일 아침 창문을 통해 들어오는 빛은 나를 깨우고 눈을 아프게 했고, 다시금 살아있는 생지옥으로 나를 데려갔다.

육체의 고통은 내가 스스로 자초한 정신적 고통엔 비할바가 아니었다. 무력감과 죄책감, 분노에 두려움까지 더해졌다. 그러나 무엇보다 어떤 감정도 표현할 수 없다는 것이 나를 더욱 미치게 만들었다.

매일 다시는 깨어나지 않기를, 나를 살게 하는 이 기계가 고장이 나서 내 고통에 종지부를 찍어주길 바랐다.

무엇이 이 사람들에게 나를 여기에 둘 권리를 줬을까? 살려둬 봤자 무슨 쓸모가 있다고? 난 움직일 수도, 말할 수도 없는 빌어먹을 식물인간인데 말이다!

나는 무기력해져갔고 그것은 서서히 증오로 굳어지기 시작했다. 나를 살려둔 사람들에 대한 증오와 내 인생 자체에 대한 증오였다.

간호사의 말이 맞았다. 죽는 게 훨씬 나을 뻔했다. 그럼에도 불구하고 간호사는 매일 겁먹은 표정으로, 내게 영양분을 공급하는 링거 주사를 교체하러 몇 번씩 병실에 들렀다. 내게 의식이 없다고 믿으면서도 결코 눈을 마주치려 하지 않았다. 그저 기계와 내 몸을 연결한 튜브가 멀쩡한지 허둥지둥 확인하고는 황급히 병실을 떴다.

날마다 간호사가 오는 걸 볼 때마다 제발 나를 내버려두라고 속으로 빌었다. 나를 살려두는 게 결코 호의를 베푸는 게 아니라고 외치고 싶었다.

'제발 날 좀 내버려둬! 그렇게 날 쳐다보는 게 두려우면 그냥 오지 않으면 되잖아? 그냥 죽게 내버려두라고….'

나는 속으로 애원했다.

하지만 또다시, 날 이곳에 살려두며, 간호사가 판에 박힌 일을 반복하는 걸 보고 있어야 했다. 다시 또다시….

'제기랄! 난 이게 끝이었으면 좋겠어! 제발 누군가 어떻게 좀 해 달라고! 누가 되었든 날 좀 도와달라고! 난 더 이상 살고 싶지 않단 말야!'

"그냥 익숙해지는 게 좋을 거야. 아무려나 당분간은 그러고 있어야 할 테니."

별안간 내게 말하는 목소리가 들렸다. 병실엔 나말고 아무도 없었다.

"이번엔 진짜 제대로 엉망이 돼버렸군. 안 그래?"

미심쩍은 목소리가 계속 이어졌다.

"누, 누구세요? 거기 누가 있나요?"

나는 겁먹은 채로 대꾸했다. 왠지 목소리가 외부에서 나는 게 아닌 것 같았다. 무의식의 깊은 우물에서 들려오는 느낌이랄까.

'환청일까…?'

'혹시 귀신, 아님 천사?'

"하! 세상에서 제일가는 무신론자인 주제에. 이제 와서 귀신이니 천사를 믿는다고? 풋!"

"나를 아세요? 당신은 내가 무슨 생각을 하고 있는지 어떻게 알죠? 내가 미친 건가요?"

"별로 그런 것 같지는 않은데."

"내가 꿈을 꾸고 있나…? 당신은… 지금 현실이 아닌가요?"

"이봐, 난 네가 이미 알고 있는 것 외에는 말할 수가 없어…. 아마도 나중에 내가 누구인지 깨닫게 될 거야."

"라우라, 라우라는 괜찮나요? 부모님은 왜 날 보러 오지 않나요? 난 언제 죽게 될까요? 이게 내가 받을 벌인가요?"

"멍청하게 굴지 좀 마! 네가 모르는 건 나도 알려줄 수가 없다니까."

"그럼, 당신은 나한테 아무 도움도 안 되겠군요?"

"원한다면 이만 떠나주지."

"안 돼! 제발 가지 마세요!"

바로 그 순간 라우라가 영혼에 대해 주구장창 말하던 게 떠올랐다. 나로서는 헛소리로 치부해버렸지만, 라우라는 충분히 명상을 하면 영혼의 안내자, 즉 자신의 '깊은 영혼'과 소통할 수 있다고 했다.

"명상으로 소통을 한다…. 흠, 내 생각에도 그건 헛소리 같아. 하지만 '깊은 영혼'이란 단어는 꽤 맘에 드는군."

'깊은 영혼이란 자가 저렇게 냉소적이고 무심하게 말해도 되나?'

"이봐, 친구. 내가 별로 맘에 안 드나본데, 영영 떠나줄까?"

"안 돼요! 절대 안 돼! 제발 화내지 마세요. 난 그저 지금 무슨 일이 일어난 건지 이해해보려고 노력하는 중…."

"그런 노력은 애초에 사태가 이 지경이 되기 전에 했어야지."

"난 단지 내 문제에서 벗어나보려고, 도망치려고 했던 것인데….”

“맞아! 문제에서 벗어나고 싶어하다가 스스로를 노예로 만든 거지.”

“노예라고?”

“너에겐 아무 자유도 없다는 뜻이지. 움직이거나 말할 수가 없어. 심지어는 원한다 해도 스스로 죽을 수조차 없지.”

“그래서 당신 정체가 뭐야? 내 꼴을 보고 스스로 더 나쁘게 느끼게 해주려고 그저 나타난 건가?”

“그저 나타났다고? 난 늘 여기 있었어, 바로 여기에. 문제는, 이전엔 네가 절대로 내 말을 듣고 싶어하지 않았다는 거지. 게다가 어느 누구도 너한테 무언가를 ‘느끼게’ 할 수는 없다고.”

“그건 말도 안 돼. 어느 누구도 나에게 느끼게 할 수 없다는 말이 무슨 뜻이지? 부모님은 항상 나를 화나게 했고, 형과 여동생들은 열등감만 느끼게 했고, 내가 사귀던 사람들은 매번 나를 실망시키거나 상처를 줬다고.”

“흠, 설명해주지. 이렇게 되기 전까지 넌 날아다니는 새처럼 자유로웠어. 어느 누구도, 그 무엇도, 널 구속할 수 없었지. 넌 마음대로 무엇이든 할 수 있었고 말야. 네 삶의 주인이었으니까.”

"그게 내 '느끼는 것'과 도대체 무슨 상관이 있다는 거냐고?"

"뭐 바쁜 일이라도 있나봐? 찬찬히 곱씹어보고 느긋하게 이야기할 시간은 남아도는 것 같은데?"

'너, 이… 개자식!'

"하하, 진정하라고. 내 말은, 무엇이든 원하는 대로 생각할 자유가 있었으니, 어떤 감정을 느낄지도 네 마음대로 선택할 수 있었다는 이야기지."

"느끼는 방식을 내가 선택한다고?"

"맞아. 너의 감정은 오로지 너의 생각에서 비롯돼. 무언가 슬픈 걸 생각하면 슬픔을 느끼고, 무언가 신경에 거슬리는 걸 생각하면 화가 나지.

다른 사람이 너한테 상처를 주거나, 실망시키거나, 기분을 상하게 한다고 생각되겠지만, 누구도 너의 머릿속에 들어가 무언가를 생각하거나 느끼게 할 순 없어.

심지어 지금 당장, 누군가 네 몸을 움직이게 하거나, 네 몸을 마음대로 건드리거나, 인공호흡기를 꺼버릴 수 있다고 해도, 너의 정신만은 여전히 너의 통제 하에 있잖아?"

"내가 아직 모르는 건 그쪽도 말할 수 없다고 했던 것 같은데?"

"뭐, 이걸로 하나는 증명이 되는 것 같군. 네가 생각만큼 멍청하진 않다는 거 말야."

"뭐라고?"

"살면서 일이 잘못될 때마다 넌 항상 남 탓을 하거나 상황 탓을 했지. 늘 희생자였고."

"뭐, 그렇다고 할 수 있지. 알다시피 내 삶이 쉽지 않았거든. 가족만 봐도 그렇고, 항상 운도 나빴고."

"아이고, 불쌍도 하셔라! 그런 식으로 생각하면 넌 과거의 노예, 다른 사람의 욕망의 노예, 상황의 노예, 운의 노예가 될 뿐이야."

"그럼, 내가 모든 걸 통제했어야 했나? 내가 어떻게 다른 사람을 통제하냐고?"

"상황을 통제할 순 없겠지만 상황에 대한 반응은 통제할 수 있었어. 네 마음속에서 일어나는 일은 이전에도 그랬고 지금도 여전히 통제할 수 있으니까. 무슨 생각을 할지, 상황에 어떻게 반응할지 결정하는 건 바로 너야."

"그래, 맞다고 쳐. 그럼 그 많은 문제들에 대해 내가 어떻게 긍정적으로 반응했어야 한다는 거지?"

"넌 그걸 문제라고, 극복해야 할 장애라고, 저주라고, 시련이라고 여기기로 선택했어. 어떻게 반응할지에 대해 네가 결정한 거야. 결정권이 너한테 있었다는 건 이해되지?"

"좋아. 하지만 그쪽은 지금도 슬슬 내 화를 돋우는군. 내게 일어난 모든 나쁜 일에 대한 책임이 오로지 나에게 있다는 말인가?"

"네가 너 스스로를 화나게 하고 있는 거야. 게다가, 누구의 탓인지 따지자는 것도 아냐. 하지만 말이 나왔으니 한 번 말해봐. 저번에 네가 라우라를 때렸을 때, 네 손을 움직인 건 누구였지? 정신을 잃을 정도로 술을 마셨을 때 네 손을 움직인 건 누구였지? 네가 이 지경에 이르도록 네 입안에 약을 털어넣은 건, 술집 주인이었나?"

당장이라도 폭발해버릴 것 같은 기분이었다. 감정을 표현하는 것은 일종의 배설이라지만, 나는 지금 울음조차 터뜨릴 수 없다. 깊은 영혼인지 뭔지 하는 놈이 한 말 때문에 머리끝까지 화가 치밀었지만, 최악인 건 틀린 말이 하나도 없다는 사실이었다.

때마침 병실 문이 열려 내 주의가 분산되었다. 간호사가 들어왔다. 분위기가 여느 때와 달랐다. 언짢은 표정으로 링거를 갈아주고 도망치던 그 간호사가 아니었다.

새 간호사는 침대로 다가와 나를 보려고 몸을 숙였다. 푸

른 눈동자에서 커다란 연민의 정이 느껴졌다. 금발 머리카락
이 계속 얼굴로 흘러내려 연신 귀 뒤로 쓸어넘겼다. 그녀는
몇 초 동안 나를 꼼꼼히 살폈고, 나는 간호사의 명찰에 적힌
페이스(Faith)란 이름을 볼 수 있었다.

"안녕하세요?"

'안녕하세요. 페이스.'

대답하는 내 모습을 상상했다.

"이런 상태에 빠지다니, 딱한 분."

'뭐, 잘 알잖아요. 이게 인생인걸.'

나는 마음속으로 대화를 이어갔다.

페이스는 내 머리를 쓰다듬으며 말했다.

"걱정 말아요. 제가 보살펴줄게요."

'고마워요.'

나는 마음속으로 생각했다.

그때 깊은 영혼이 끼어들었다.

"와, 저 여자는 나보단 훨씬 더 천사 같은걸. 게다가 귀엽
기까지 해."

간호사는 조심조심 링거를 교체하고, 베개에 머리를 고쳐
누인 뒤, 내 주변 기계들이 제대로 작동하는지 살폈다.

"내일 봐요."

간호사가 나가려고 돌아서며 말했다.

'내일 봐요.'

내가 속으로 대답했다.

"내일 보자고, 예쁜이!!!"

내 머릿속에서 깊은 영혼이 소리쳤다.

• 제 3 장 •

그날 밤에 이상한 꿈을 꿨다. 꿈속에서 나는 사지가 줄로 연결된 목각 꼭두각시 인형이었다. 줄 끝을 잡고 몇 사람이 돌아가며 나를 움직이게 했다. 부모님도 있었고, 선생님도 한두 명 있었고, 성당 신부님과 예전 여자친구도 있었다.

나를 뛰게 하고, 덩실거리게 하고, 우스꽝스런 자세를 취하게 하고, 침팬지처럼 움직이게 하면서, 다들 박장대소하며 즐거워했다.

나는 꿈속에서 마음만 먹으면 쉽게 줄을 끊어버릴 수 있다는 걸 알면서도 가만히 조종당하는 편을 택했다. 그러는 편이 편했고 쉬웠고 익숙했다. 그건 성장하면서 알게 된 것이다. 내가 무언가를 스스로 책임지기보다 다른 사람의 결정에 맡기는 것에 길들여져 있다는 걸 깨달을 수 있었다.

나를 가지고 노는 데 질렸는지 그들은 바닥에 아무렇게나 나를 내팽개쳐버렸다. 이윽고 바닥이 침대로 바뀌면서, 병실 천장 불빛이 눈에 들어왔다. 잠에서 깨어난 것이다.

기괴하게도 나는 눈을 부릅뜨고 잠을 잤다. 밤에는 쉽게 잠들 수 없었고, 아침이 되면 때때로 어디서부터 현실이고 어디서부터가 꿈인지 구분하기 어려웠다.

더러는 꿈인 걸 확실히 알 수 있었는데, 그때는 내가 더 이상 끔찍한 병실에 있지 않았고, 내 의지대로 몸을 움직일 수 있었다. 그럴 때면 할 수 있는 한 가장 빨리, 그리고 가장 멀리 내달렸다. 절대로 깨지 않길 빌었다. 하지만 매일 천장 네온등과 위아래로 움직이는 검은 송풍구, 나를 영원한 악몽에 머물게 하는 기계를 바라보고 있는 나를 발견하게 된다.

병실 문이 열렸고, 간호사 페이스가 들어오는 것이 보였다. 페이스는 물이 담긴 플라스틱통을 나르고 있었다.

"좋은 아침이에요!"

페이스가 밝은 표정으로 인사를 했다.

'좋은 아침이에요!'

여느 때와 같이 나는 머릿속으로 대답했다.

"오늘은 목욕을 하는 날이에요."

'이럴 수가! 안 돼! 제발! 이건 너무 창피하잖아!'

그녀가 시트를 벗기고 내 맨몸을 감싸고 있는 하얀 가운을 벗겼다. 무력감과 수치심이 솟아올랐다. 꿈에서처럼 실제로도 난 꼭두각시 인형일 뿐이고, 사람들은 나를 마음대로 할 수 있었다.

그런데 그녀의 눈동자를 보니 조금 진정이 되었다. 벌거벗은 남자를 바라보는 눈빛이 아니라, 일상적으로 환자를 돌보는 아련한 눈빛이었기 때문이다.

그녀는 물에 스펀지를 적셔 내 얼굴을 닦기 시작했다.

"당신은 정말로 젊네요."

왜 나한테 말을 거는 것일까? 내가 말을 들을 수 있다는 걸 알고 있는 걸까?

"못생기지도 않았고요."

그녀는 살짝 얼굴을 붉힌 채 수줍게 말하며 웃었다.

"당신에게 의식이 없길 바라요. 가엾은 사람."

'난 의식이 있다고!!!'

"이미 떠났는데 육체만 남아 있다고 믿어요."

'젠장, 아니라니까!!! 난 여기 있다고! 당신 말을 들을 수

있고, 당신을 볼 수도 있다고!'

"아직 당신이 거기에 있다면 엄청 외로울 것 같아요."

그녀는 잠시 생각에 잠겼고, 한 줄기 눈물이 천천히 뺨을 타고 흘러내렸다.

"있잖아요. 저도 외롭답니다. 남편이 몇 년 전에 세상을 떠났거든요."

그녀는 하얀 옷소매로 눈물을 닦아냈다.

"그 후로 내내 무기력한 느낌이고, 매우 두렵고, 불안해요."

스펀지로 몸을 닦아주며 그녀는 계속 말을 이어갔다.

"두려움에, 트라우마에 무기력해지는 기분이에요."

'당신은 아름답고, 또 자유로워요.'

나는 그렇게 생각했다.

"제가 지금보다 더 용감했으면 좋겠어요. 더 많은 걸 할 엄두를 낼 수 있길 바라고요. 잘은 모르겠지만, 다시 대학에 들어간다든지, 새로운 짝을 찾는다든지, 아시잖아요, 뭐 그런 거요."

그녀는 나를 다 씻긴 뒤 다시 가운을 입혀주었다. 내가 잃은 것 중에 사람과의 접촉이 가장 그립다는 걸 불현듯 깨달았다. 그녀에게 떠나지 말고 조금 더 얘기해달라고 부탁하고 싶었다.

"이제 다시 일하러 가봐야 하지만, 이따 링거를 교체하러 다시 올게요."

'제발 가지 말아요. 조금만 더 있어요.'

그녀는 마지막으로 내 머리를 쓰다듬어주고는 다정한 표정으로 몇 초간 날 바라봤다.

"당신이 누군지는 모르지만, 분명 가족이 애타게 찾고 있을 거예요. 그리고 금방 당신을 찾아낼 거예요."

그녀가 병실을 나가자 나는 다시 혼자가 되었다.

그러니까 이 사람들은 내가 누구인지 모르고 있었다. 그녀의 말이 옳았다. 나는 이 안에서 홀로 외롭게 방치된 신원 불상의 외톨이였다. 그리고 이제야 모든 게 내 탓이라는 걸 깨달을 수 있었다.

"죄책감은 무의미한 감정이야."

깊은 영혼의 목소리가 들렸다.

그가 말하는 것들은 나를 짜증나게 했다. 하지만 감옥이 되어버린 육체에 갇힌 내가 그와 대화를 나눌 때만큼 시간을 잘 보낼 수 있는 방법도 없기에 몹시 기뻤다.

"당연히 모든 게 내 잘못이야. 내가 누구의 꼭두각시가 아닌 담에야, 일어나는 모든 일에 대해 책임은 나에게 있는 거겠지."

"삶은 모순으로 가득 차 있어. 우린 자유롭게 태어나지만 자유를 유지하려면 일을 해야 하고, 자유에 따르는 책임도 져야 하지. 너만 봐도 그래. 넌 살아있지만 살아있지 않은 것이기도 해. 의사들은 너를 뇌사자라고 생각하지만 사실은 의식이 있어. 페이스의 경우를 봐. 그녀에겐 네가 그토록 갈망하는 자유가 있고, 원하는 건 뭐든 할 수 있는 가능성이 있지만, 정작 그녀는 마치 너처럼 무기력하다고 느끼고 있어."

"트라우마 때문이라고 했어."

"트라우마란 단어는 그리스어에서 유래했어. 상처를 뜻하지."

"알고 있어. 심리학 책에서 읽었어."

"당연히 읽었겠지. 안 그랬으면 내가 지금 너에게 어떻게 말할 수 있었겠어. 그리고 내 말 끊지 마.

생의 첫 번째 모순은, 인간은 온전히 자유롭게 태어나지만 완전히 의존적이란 거지. 사실 인간만큼 부모의 보살핌을 필요로 하는 동물은 없어. 아이는 부모가 자신을 돌봐주지 않으면 죽을 거라고 생각하지. 그러니 아이에겐 사랑이 생사를 가르는 문제가 되는 거야. 자랄 때 아이는 아무것도 몰라.

그렇다면 네 생각에 이 아이는 자라면서 누구를 통해 인생을 배우게 될까?"

"부모겠지."

"맞아. 만약 네가 미지의 행성에 도착했는데 모두가 서로 치고받고 때리고 있는 모습을 봤다면, 원래부터 그렇게 해도 되는 거라고 생각하겠지?"

"우리 모두를 때리곤 하던 우리 아버지들처럼 말이지."

"자, 아이는 자기 자신에 대해 아무것도 몰라. 그럼 누구를 통해 자신에 대해 배울까?"

"당연히 부모지."

"맞아. 아이는 자신의 생사여탈권을 가진 막강한 두 사람이 모든 걸 알고 있고, 절대적으로 옳다고 생각해. 네 아버지가 너한테 '이런 멍청이를 봤나. 아무 짝에도 쓸모없는 녀석'이란 말을 했을 때 넌 그 말을 믿었던 거야."

"아니야. 그딴 말은 믿지 않았어."

"아니라고? 실수를 저질렀을 때 늘 스스로에게 뭐라고 말하지?"

"이런 멍청이를 봤나?"

"다시는 술을 마시지 않겠다고 결심한 뒤, 또다시 술을 마셨을 때 스스로에게 뭐라고 했지?"

"아무 짝에도 쓸모없는 놈, 이런."

"그것 봐. 아이는 부모가 주위와 관계를 맺는 방식까지도 모방을 해. 아이의 아버지가 세상엔 나쁜 놈밖에 없다고 생각하면, 아이도 그렇게 생각하게 돼. 어머니가 늘 근심 걱정에 차 있으면 아이도 늘 근심 걱정에 시달리게 되고 말야."

"그렇게 해서 스스로의 손발을 꽁꽁 묶게 되는 거군."

"그리고 부모와의 관계에서 처음으로 우리에게 트라우마와 상처가 생기기 시작하지. 네가 아이였을 때 실수를 하면, 아버지는 널 모욕했고, 어쩔 땐 때리기까지 했을 거야. 넌 네가 나쁘다고 생각했을 테고, 맞아서라기보다는 그 생각 때문에 더 마음이 아팠을 거야. 어머니가 너에게 똑바로 행동하지 않으면 더 이상 사랑하지 않겠다고 말했을 때, 어머니 역시 너에게 상처를 줬고 넌 겁을 먹었을 거야."

"그럼, 이게 다 부모님 탓이 되네!"

"내 말을 똑바로 들어. 부모에게도 상처가 있었을 것이고, 아는 걸 가지고 최선을 다했을 거야. 그들도 부모에게 배웠고, 부모의 부모 역시 그들 부모에게 배웠지."

"악순환이로군."

"하지만 끊을 수 있는 악순환이지."

"정말? 어떻게?"

전부 새로운 얘기였다. 하지만 어떤 면에서는 예전부터 잘 알고 있는 이야기인듯 너무나 알기 쉬웠다. 흥미가 동했다.

"탓할 누군가를 찾지 않으면 돼. 사실 죄책감이란 다른 사람에게 거절당하는 두려움, 어린 시절 부모에게 거부되었을 때 삶이 위험해진다는 데에서 비롯된 두려움일 뿐이야.

부모는 그 죄책감을 이용해서, 자신들이 옳다고 생각하는 대로 네가 행동하게 했지. '잘 먹지 않으면 나쁜 아이야', '착하게 행동하지 않으면 사랑하지 않을 거야', '거짓말하고 욕하는 아이는 다들 싫어해'라고 말야."

"그게 다 효과가 있었잖아."

"당연히 효과가 있지. 죄책감은 사람을 조종하는 탁월한 방법인걸."

"근데, 죄책감이 없다면 모두가 자기 좋을 대로 하면서 살거고, 서로 물고 죽이고 하지 않을까?"

"죄책감을 느끼면서도 사람들은 서로를 죽이지. 그건 죄책감이 무의미하다는 걸 증명하는 것이고, 인간은 자신과 자유에 대한 책임을 지는 데 실패한 거야.

자기 삶에 책임을 지는 데 성공한 사람은 운명을 스스로 만들어간다는 걸 깨닫고, 자신이 내리는 결정 하나하나가 미래를 만든다고 생각하지. 또 자신의 모든 행동에 책임을 지지만, 완벽하지 않으니 실수할 수도 있다고 생각하지. 그러면 실수를 하더라도 자책하지 않아. 실수를 만회할 수 있다면 만회하고, 만회할 수 없더라도 이미 벌어진 일은 돌이킬 수 없다는 걸 알지. 죄책감하곤 상관없이 말야.

모든 트라우마와 상처에도 불구하고, 언제든 인간은 더 나은 삶을 살기로 선택할 수 있어. 반대로 자신을 파괴하는 삶을 선택할 수도 있고."

"나 같은 사람도? 잠깐 이쯤에서 멈추자. 이걸 이제 알아봐야 무슨 소용이야? 이미 불구가 되어 여기 누워 있는 마당에, 아무리 슬프고 화가 나도 어찌할 도리가 없는데."

"아직도 무엇을 생각할지, 어떻게 느낄지 선택할 자유가 있잖아?"

"어이가 없군. 지금 당장은 그쪽 입을 닥치게 하는 쪽을 선택하겠어!!! 나 자신을 가엾이 여기고, 슬퍼하고, 증오하고, 우울해하는 쪽을 선택하겠다고!"

진짜 우리 부모님이 최선을 다했다고 한다면 두 분은 정말로 무능했던 것이다! 원하는 대로 살 수 있는 자유가 있었는데도, 나는 술을 마시고 마약하는 걸 선택했고, 망할 놈의 의식만 남은 식물인간이 되어 이 지경에 이르는 걸 선택했다고, 난…!!

나는 오늘은 기어코 모든 희망을 버리려고 한다.

"거 참 못난 생각을 하네."

"내가 원하는 건 생각을 멈추고 그냥 죽어버리는 것뿐이야!"

"거기, 안녕하세요?"

등 뒤로 병실 문을 닫으며 간호사 페이스가 말했다. 병상으로 걸어오며 그녀는 중대 발표를 했다.

"아주 좋은 소식이 있어요. 드디어 부모님이 환자분을 찾아낸 것 같네요."

'아냐. 부모님일 리가 없어.'

"이따 보러 오실 거예요. 이렇게 된 당신을 본다는 게 여간 힘들지 않으실 텐데…."

그녀가 링거를 교체하며 말했다.

'젠장, 안 된다고! 부모님이 오지 말았으면 좋겠어.'

"그래서 조금 단장을 해드릴까 해요."

그녀는 주머니에서 작은 빗을 꺼내더니 머리카락을 빗겨 내리기 시작했다. 그녀의 손이 닿을 때마다 진정이 되는 걸 느꼈다.

'왜 이렇게 친절한 거죠? 날 알지도 못하면서 왜 이렇게 잘해주는 건가요?'

"저는 별로 신실한 사람은 아니에요. 하지만 우릴 굽어보고 있는 신이 존재한다는 건 믿죠."

'흥, 신이라구? 퍽이나! 그래서 날 이런 생지옥에서 썩게 하는 거로군.'

"왜 사람들에게 나쁜 일이 생기는지는 잘 모르겠어요. 하지만 신은 사람을 통해 사람을 돌보는 것 같아요. 그래서 저는 간호사가 된 거고요. 저는 신을 도와 사람들을 돌보고 있다고 상상해요. 사람들은 가끔 절망에 허우적거릴 때 '신이시여, 왜 저를 돕지 않으시나이까?'라고 말하곤 하니까요. 저는 신은 사람을 돕는 착한 사람들 속에 있다고 믿어요."

그녀가 그렇게 말하고 수줍게 웃었는데, 웃음 덕분에 병실이 환해지는 것 같았다. 그녀가 회진을 오는 순간만큼은 호사를 누리며 안정을 찾을 수 있었다. 하지만 너무 짧았다.

"다 됐네요. 다음에 봐요. 로미오."

그녀가 몸을 숙여 내 뺨에 입을 맞추고 서둘러 병실을 나갔다.

안에서 피어오르던 따뜻한 사랑의 빛이 한 가지 생각 때문에 맥없이 사라졌다. 부모님이 오고 있다니!

　내 깊은 영혼의 생각이 옳았다. 인생은 모순으로 가득 차 있다. 부모님이 너무도 그립지만 그것만큼이나 원망스럽다. 어머니가 너무나 보고 싶지만, 이런 내 모습을 보면 무척 고통스러워하시겠지. 내가 부모님을 용서할 수 있으면 좋겠다. 부모님이 나를 용서할 수 있길 바란다. 라우라도 함께 오는 걸까?

　용서, 죄책감, 원망에 대한 엇갈린 감정들을 추스러보려고 애를 쓰고 있자니 밤이 찾아왔고, 지쳐 잠이 들었다.

• 제4장 •

"착하지. 서두르지 않으면 지각하겠다."

"엄마, 오트밀은 먹기 싫어요."

"먹으렴. 그래야 멋지고 튼튼하게 자라지. 또 그래야 공부도 잘하고, 친구들이랑 잘 놀 수 있어."

"그리고 자전거도 탈 수 있고요. 왜냐면⋯ 토요일 날 자전거 타는 방법을 가르쳐 주신댔잖아요. 맞죠? 약속하신 거 기억하죠?"

"그럼, 애야, 당연하고말고."

스쿨버스가 집 앞에 도착해 경적을 울릴 때 마침 밥을 다 먹었다. 엄마는 마지막으로 빗질을 하고, 교복을 점검하고,

도시락을 건네주며, 잘 다녀오라고 뺨에 입을 맞췄다.

현관으로 달려가 문을 열자 햇빛에 눈이 부셨다. 강렬한 빛에 눈이 차츰 적응되어가는 찰나, 어머니의 얼굴이 보였다. 방금까지 꾸었던 꿈에서처럼 젊고 근심 없는 얼굴이 아니라, 늙고 비탄에 잠긴 얼굴이었다. 어머니는 손수건으로 연신 눈물을 찍어내고 있었다.

어머니 뒤에 서 있는 아버지도 알아볼 수 있었다. 여느 때와 같이 심각하고 굳은 표정이었다. 아버지는 이런 상황에서조차 감정을 내비치지 않았다. 위로의 몸짓으로 어머니 어깨에 손을 얹은 채 서 있었다.

"오, 하느님! 이게 무슨 일이냐? 아들아, 말 좀 해봐라."

어머니가 애원했다.

"의사가 말했잖소. 이 아이는 당신이 하는 말을 못 듣는다고. 진정해요."

아버지가 머뭇머뭇 말했다.

"어떻게 너한테 이런 일이 생길 수 있니? 도대체 왜?"

어머니는 절규하며 억장이 무너지는 심정으로 내 가슴을 두드렸다.

아버지는 어머니를 일으켜 세워 품에 꼭 끌어안고 진정시켰다.

"정신 좀 차려요."

"어떻게 그럴 수 있어요? 당신 아들 몰골 좀 봐요. 애야, 좀 일어나보렴. 응?"

어머니는 아버지 품에서 몸부림쳤다.

"이건 우리 탓이에요!"

어머니는 울부짖다 못해 실신했다.

아버지가 어머니를 팔로 받쳐 안아들고 병실 문 옆에 있는 의자에 앉혔다. 그러고는 도움을 청하러 황급히 밖으로 나갔다.

'어머니, 죄송해요. 절대로 고통스럽게 해드리려던 건 아니었어요. 어머니 탓이 아니에요. 항상 저와 형과 동생들을 살펴주셨잖아요.'

아버지가 서둘러 간호사를 데리고 돌아왔을 때 어머니는 깨어나고 있었다.

"진정제를 좀 놔 드릴게요."

간호사 페이스가 어머니 팔에 주사를 놓았다.

"어떻게 이런 일이…."

의자에 기운 없이 푹 파묻힌 채로 어머니가 계속 중얼거렸다.

"괜찮아지실 거예요."

간호사는 그렇게 말하곤 병실을 나갔다.

아버지를 바라보는데, 아버지가 그런 모습을 보인 건 처음이었다. 완전히 평정심을 잃고 어머니 쪽을 돌아보다 내 쪽을 보다하며 안절부절 못 했다. 주먹을 꽉 말아쥐고 너무나 세게 이를 악물어서 이 갈리는 소리가 들릴 정도였다. 표정에 담긴 눈빛이 우리에게 손찌검하던 때의 눈빛이어서 덜컥 겁이 났다. 바로 그때… 일이 벌어졌다. 아버지가 갑자기 손으로 얼굴을 감싸면서 침대 옆에 무릎을 꿇고 주저앉더니 흐느끼기 시작했다.

나는 두 눈을 믿을 수가 없었다. 아버지는 언제나 우리를 엄하게 다뤘다. 가족을 부양하는 데 온몸을 바쳐 일해왔기 때문에 우릴 사랑한다는 걸 알고 있었지만, 아버지에게서는 그 어떤 감정 표현도 기대할 수 없었다.

"이건 말도 안 돼, 이건 말도 안 돼."

간헐적으로 내뱉는 아버지의 흐느낌이 영원처럼 이어졌다. 아버지는 내 손을 움켜쥐며 마침내 가까스로 말을 꺼냈다.

"아들아, 미안하다, 미안하다. 널 많이 사랑한다."

'나도 사랑해요. 아버지.'

"너한테 너무 엄격하게 대했지. 네가 강해지길 바라고, 절

제력을 갖길 바랐다. 지금은 그게 잘한 건지 잘 모르겠구나. 정말로 모르겠어. 널 봐라…."

울고 싶었고, 내면의 슬픔이 참을 수 없게 차올랐다.

'이해해요. 이제 다 이해해요. 할 수 있는 최선을 다하셨다는 걸 알고 있어요.'

"난 항상 강한 남자라는 가면 뒤에 숨어 있었다. 이렇게 네가 여기 꼼짝없이 누워 있고, 알아듣지도 못하는 지금에 이르러서야 널 얼마나 사랑하는지 말할 수 있게 됐구나. 이런 끔찍한 실수를 하다니."

'저도 사랑해요. 아버지. 정말로 사랑해요.'

아버지는 심장이 미어지는지 울부짖으며 흐느꼈다.

"물질만 풍족하게 해주면 내가 널 얼마나 사랑하는지 알 거라고 생각했다."

'제가 지금 얼마나 안아드리고 싶은지 모르실 거예요.'

아버지에게 진짜로 말할 수 있다면 좋을 텐데.

"다 내 잘못이다. 네게 너무 엄하게만 했구나. 네가 사고를 치면 칠수록 더 엄격하게 다그치기만 했지. 조금 더 애정을 주었어야 했는데. 더 자주 안아주고, 너무 닦달하지 말았어야 해. 전부 다 내 잘못이다."

'제발 이 일로 자책하지 마세요. 이제 저도 그렇지 않다는

걸 알아요. 그 반대란 걸요. 아버진 충분히 잘하셨어요.'

"널 이해하고 네 얘기를 들어보려고 했으면 더 좋았을 것을… 정말로 미안하다."

아버지는 계속 흐느끼며 내 가슴에 이마를 묻었다.

어머니가 어쩔 줄 모르는 표정으로 아버지를 바라보며 곁에 서 있었다. 어머니도 아버지를 향해 무릎 꿇고 앉아 아버지를 안아주며 이마에 입을 맞췄다.

"여보, 우리 같이 강하게 마음먹어요. 하늘이 무심치 않을 거예요."

어머니가 말했다.

부모님은 오후 내내 내 곁을 지키셨다. 말없이 서로를 바라보다 눈물이 차오르면 서로를 위로하면서….

그런 부모님의 모습을 보고 있으려니, 어릴 적 내가 아프고 열이 나서 침대에 누워 있을 때 두 분이 돌아가며 돌봐주시던 기억이 떠올랐다. 두 분이 나에게 주신 보살핌에 대한 기억들이 조금씩 돌아오기 시작했다.

걷는 방법과 말하는 방법을 배울 수 있었던 것도 당연히 두 분 덕분이다. 부모님이 나를 사랑하지 않았더라면 살아남지 못했을 것이다.

왜 이제야 부모님이 나를 얼마나 사랑하는지 깨달았을까. 내가 부모님을 얼마나 사랑하는지, 내게 준 모든 것에 얼마나 감사하는지, 지금은 말할 수도 없는데. 왜 인생의 잘못된 모든 것들에 대해 버릇처럼 부모님을 탓하게 되었을까? 부모님에게도 지금의 자신들을 있게 한 슬픔과 기쁨이 있었다는 걸 왜 이제야 알게 되었을까?

"관심이 없었기 때문이야."

깊은 영혼이 말하는 소리가 들렸다.

"마음이 없었기 때문이지. 부모님에 대해 너무 화가 나서 너무나 많은 것들을 그분들 탓으로 돌리느라, 네가 받은 좋은 것들을 놓쳐버렸던 거지.

넌 자유롭고 인생은 스스로 책임져야 한다는 걸 진작 깨달았더라면, 우리는 모두 비슷한 실수를 저지를 수 있고, 사람들에게 어쩔 수 없는 면이 있다는 것도 이해하게 되지. 그건 동정심 따위의 연민을 말하는 게 아니야. 다른 사람의 입장에서 생각할 줄 아는 공감능력을 말하는 거야. 왜 그렇게밖에 할 수 없었는지 연유를 이해하려는 노력 같은 것 말야.

남 탓하는 걸 멈추면 네 삶에 대해 주도권을 되찾을 수 있어."

"너무 늦게 알게 되었네."

"오늘 사랑을 주지 않으면 앞으로 결코 사랑을 줄 수 없어. 소중한 이들에게 얼마나 그들을 아끼는지 당장 말하지 않으면 내일은 너무 늦어."

"이미 너무 늦었는걸."

"마음을 단단히 먹어."

병실 문이 열렸고 간호사가 들어왔다.

"방해해서 정말로 죄송한데, 면회시간이 끝났어요."

그녀가 부모님에게 말했다.

"아가씨, 미안하지만 조금만 더 안 될까요?"

어머니가 부탁했다.

"죄송합니다. 면회시간에 대해서 규정이 엄격해서요."

"여보, 갑시다. 내일 또 오면 되잖소."

아버지가 어머니를 부축해 일으켜 문으로 향했다.

"저기, 아가씨, 미안한데… 우리 애가 깨어나려면 얼마나 걸릴까요?"

어머니가 물었다.

"할 수 있는 건 다 해보지만, 안타깝게도 이젠 운명에 맡기는 수밖에 없을 것 같아요. 당장 내일 깨어날 수도 있고,

영영 깨어나지 않을 수도 있어요."

그 얘기를 들은 어머니는 뺨이라도 호되게 맞은 듯한 표정을 지었다. 아버지는 어머니를 더 꼭 끌어안고 부축해서 병실을 나갔다. 어머니는 다리 힘이 다 풀린 것 같았다. 부모님 등 뒤로 문이 닫히자 간호사가 몸을 돌려 내게 말했다.

"아, 딱한 사람! 인생이란 건 고난으로 가득하고, 우린 그저 어떻게든 대처하는 수밖에 없어요. 두 분에게 한 말이 잔인했으리라 생각하지만, 헛된 희망을 드리는 게 더 나쁠 거 같았어요."

'맞아요. 당신이 옳다고 생각해요.'

나는 그저 머릿속으로 대답했다.

웬일인지 그녀가 더 말을 하지 않았다. 그저 조용히 링거주사를 교체한 뒤, 내 곁에 몇 분간 앉아 있다가 작별인사도 없이 병실을 나갔다.

'신이시여, 제발 부모님을 도와주세요. 더 이상 제 자신에 대해선 신경쓰지 않을게요. 저에겐 어떻게 하셔도 좋으니 부디 부모님만은 굳건히 지켜주세요.'

• 제 5 장 •

　며칠 동안 곰곰이 생각해 보니, 깊은 영혼이 자유에 관해 들려준 말이 옳다는 걸 깨달았다. 우리는 진실로 자유로우며 실수를 할 자유가 있는 만큼, 자신의 행동이 가져올 결과에도 책임질 수 있어야 한다. 우리가 자유롭기 때문에 우리가 하는 결정이 미래를 만든다. 하루 중 깨어 있는 모든 순간에 우리는 운명을 만들어가는 것이다.

　형과 두 여동생과 나는 같은 환경에서 자랐지만 우리 네 사람의 운명은 각기 달랐다. 나보다 두 살 위인 아서 형은 언제나 우등생이었다. 나처럼 반항아가 아닌, 가능하면 좋은 걸 받아들여 삶에 적용했던 것 같다. 형은 현재 건축회사의 공동대표이며 앞날이 창창하다.

한 살 아래인 여동생 로렌은 몇 달 전 결혼을 했다. 아버지는 여동생의 약혼자를 좋아하지 않았다. 사실대로 말하면, 좋아하지 않는 정도가 아니었다. 여동생이 그 남자와 결혼하면 딸 하나 없는 셈 치겠다고 말할 정도였다. 여동생은 자신의 입장을 고수했고, 그 후로 아버지와는 서로 얼굴도 보지 않는 사이가 되었다.

마지막으로 가족 모두가 애지중지하는 막내 그레이스가 있다. 이제 겨우 여덟 살이다. 어머니의 임신 사실을 알았을 때 우리는 모두 깜짝 놀랐지만, 그레이스가 태어났을 때는 몹시 기뻤다. 난 그레이스라면 껌뻑 죽었는데, 그레이스 역시 나를 매우 따른다.

차츰 부모님은 상황을 받아들이기 시작했고 나 역시 마찬가지였다. 이후 몇 달 동안 나는 전에 보지 못했던 우리 가족의 새로운 면모를 볼 수 있었다. 아버지의 다정하고 부드러운 면, 어머니의 강인함, 형과 여동생들 사이에서 느껴본 적 없던 일체감 같은 것들 말이다. 완전히 무방비 상태로 꼼짝도 못하고 누워 있는 나를 보며, 우리 가족은 삶의 연약함을 생각하게 되었고, 자신들의 상처와 대면할 수밖에 없었다.

로렌과 로렌의 남편이 아버지와 병실에서 마주쳤던 날이 기억난다. 변명이나 사과를 위한 어떤 말도 필요하지 않았다. 로렌은 달려가 아버지 품에 그대로 안겼고, 아버지는 너무나 그리웠다는 말 대신에 로렌을 꼭 안아줬다. 그러더니 사위한테 몸을 돌려 와주어서 고맙다며 악수를 건넸다. 둘의 결혼을 허락한다는 나름의 표현이었다. 아버지로선 이제 자신의 주장을 관철하기보다 딸과 다시 만날 수 있게 되었다는 것이 훨씬 중요했다.

비극이 일어나고 나서야 비로소 가족은 하나로 뭉치고, 해묵은 원망과 견해 차이를 묻어두고 서로 사랑을 표현하게 되었다는 것이 씁쓸했다. 우리가 진정 자유롭다면 왜 진작 자기에게, 또 주변 사람들에게 더 잘하기로 선택하지 않았을까?

이런 의문이 머릿속에서 피어오를 즈음, 깊은 영혼이 그 문제에 대한 교훈을 주려고 돌아왔다.

"우리의 믿음이 우리의 존재를 결정하게 돼.

네 자신에 대해 믿는 건 그게 무엇이든 진실이고, 네가 다른 누군가, 혹은 주변에서 일어나는 일에 대해 믿는 것 또한 모두 진실이야. 적어도 너한테만큼은…."

"어려워. 이해가 안 되는군."

"자, 봐봐. 네가 보거나 느끼거나 듣거나 경험하는 모든 것이 너에겐 진실이지만, 다른 사람에게도 꼭 그런 건 아냐. 너에게 일어나는 일은 다른 사람이 경험하는 것과는 다른 방식일 수밖에 없어. 우리는 모두 삶을 바라보는 자신만의 관점을 가지고 있거든."

"그렇기 때문에 논쟁이 합의로 귀결되는 법이 거의 없는 거고?"

"맞아! 논쟁이란 다른 누군가가 자신이 바라보는 대로 삶을 바라보게 하려는 시도인데… 그건 불가능하지!

수백만 명이 전쟁으로 목숨을 잃는 건, 지도자가 삶을 바라보는 자신의 방식을 다른 사람에게 강요하기 때문에 일어나는 거야. 같은 생각을 하지 않는 사람을 해치는 일이 너무 자주 일어나고 있어. 어떤 체제가 다른 체제보다 우월하다거나, 자신이 믿는 신을 모두가 숭배해야 한다는 믿음을 상대방에게 강요하는 사람들 때문에 일어나지."

"수백만 명이 전쟁으로 죽는다니 믿을 수가 없어."

"미치광이 히틀러를 봐. 그는 자기 민족이 우월한 인종에 속한다고 설득하는 데 성공했지. 그 결과 6백만 명에 달하는 무고한 사람들이 끔찍한 방식으로 학살되거나 잔혹행위를 당하고 말았어."

"그런데 내가 주변 사람들에게 잘하는 것과 그게 무슨 상관이 있다는 거지?"

"전부 다 관련이 있어. 지금 가장 그리운 게 뭐지?"

"건강. 몸을 움직이고 생각과 느낌을 표현할 수 있는 능력. 그리고 사랑하는 사람과 함께 시간을 보낼 수 있는 기회가 너무너무 절실하지."

"그렇다면… 그건 이미 가졌던 걸 그리워한다는 말이군."

"맞아! 전부 다 이전엔 너무나 당연하게 주어졌던 거였지. 멀쩡한 육신을 당연하게 여겼고, 그게 얼마나 큰 축복인지 생각하지 못했어."

"대부분의 사람들이 부질없는 허상을 좇느라 바쁘게 시간을 낭비하지. 갖지 못한 무언가가 자신들을 행복하게 만들어줄 거라 생각하기 때문이야. 그리곤 정작 삶의 가장 소중한 선물들은 대수롭지 않게 여겨."

"정말 그래. 우리의 인연도 이미 갖고 있는 것들과 마찬가지로 진정으로 소중하단 걸 잊고 살았어. 그저 더 많은 걸 원하기만 하고."

"우리는 행복하려면 '무언가'를 더 가져야만 한다는 생각으로 일을 하지. 필요한 건 모두 이미 갖고 있다는 걸 알지 못해. 행복은 단지 삶을 바라보는 방식이고 마음 상태이자,

습관이란 걸 깨닫지 못하는 거지."

"그러고 보니 내 삶엔 축복이 가득했지만 항상 불만만 품고 살았던 거 같아."

"대부분의 사람들이 더 많은 물건을 쌓아두려고 하는 어리석은 함정에 빠져. 어떤 사람들은 부와 재물을 쌓고, 어떤 사람들은 지식과 지위를 쌓으려 하지. 이들은 가난해질까봐 걱정하고, 다른 사람의 평가에 신경 쓰고, 가치 있는 사람이 되지 못할까봐 전전긍긍하지."

"항상 남들보다 낫길, 더 좋은 차를 소유하길, 더 잘생기길 바랐던 기억이 나는군. 지금은 부모님을 다시 안아볼 수만 있다면 망설임 없이 모든 걸 다 내려놓을 거 같은데."

"우린 죽을 때 아무것도 가져갈 수 없어. 함께 나눌 수 없다면 그 어떤 성취도 의미가 없는 거야. 우리가 얼마나 잘못된 믿음을 갖고 살아가는지 알겠지?"

나는 조금 생각한 뒤에 말했다.

"그 말이 다 옳아. 우린 늘 더 가지고, 더 많은 걸 하고, 더 성취하고, 더 높은 사람이 되려고 노력하지. 잠시 멈춰 이미 가진 것들을 즐기고, 이미 성취한 것에 감사하고, 이미 우리가 얻은 지위에 감사한다면, 지금 당장 행복할 수 있다는 걸 깨닫지 못해. 왜 그럴까? 왜 우리 대부분이 그렇게 행동할까? 왜 소중한 사람들과의 관계가 삶에서 가장 중요하다는 걸 잊고 사는 거지? 왜 가진 것은 무시하고, 갖지 못한 것에만 집중하려는 충동에 시달리는 걸까?"

"왜냐면, 우리가 잘못된 가치관을 공유하고 있기 때문이야."

"우리 모두가? 어떻게 그럴 수가 있지?"

"잘못된 믿음을 만들어내고, 잘못된 가치를 추구하고, 우선순위가 완전히 틀린 망상에 빠져 세상을 살고 있기 때문이야."

"우리 모두가 완전히 틀렸다니 믿기지 않는데?"

"정말로? 그러면 전쟁은 어떻게 설명할 건데? 신념을 수호하기 위해 우리의 아이들과 형제들을 사지로 보내는 건? 인구의 10%가 전 세계의 부를 지배하고, 나머지 90%가 굶주리는 건 어떻게 설명할 건데? 사람들이 돈에 죽고 못 살고, 부모가 가족과 자식보다 일을 더 애지중지하는 건?"

"아, 알았어, 알았어. 알아들은 것 같으니… 화내지 마셔."

"분노 같은 감정은 초월한 지 오래야. 네가 이해해야 하는 건 이 세상의 현실이 인간과 인간의 믿음에서 비롯됐다는 거지. 모두에게 제몫이 돌아갈 만큼 자원이 충분하지 않다는 믿음 때문에, 빈곤이라는 현실이 생겨난 거야. 또 돈과 권력이 우릴 행복하게 만들어줄 거란 믿음 때문에 형제들로부터 멀어지는 거고. 주변에 일어나는 일에 우리의 행복이 달려 있다는 생각 때문에 삶의 주도권을 잃게 됐어."

"우리의 믿음이 현실을 결정한다는 뜻이군."

"그래, 맞아. 모든 건 마음먹기에 달려 있어. 세상은 네가 믿는 대로 되는 거야."

"그러면 만약… 내가 다시 걷고, 웃고, 뛰고, 포옹하고, 슬퍼할 수 있다고 믿는다면…?"

병실 문밖에서 다투는 소리가 들려왔다. 간호사 페이스의 목소리라는 걸 알 수 있었다.

"환자 가족분을 동반하지 않으면 안으로 들어가실 수 없어요."

"난 가족을 만나러 온 게 아니라 환자를 보고 싶어서 온 거라구요!"

누구의 목소리인지 알아들을 수 없는 어떤 여자의 말이 들렸다.

"더구나 이걸 보면 나도 가족인 거 아닌가요?"

영문 모를 말이 더해졌다.

"부인이신가요?"

간호사가 그렇게 물었다.

"알 거 없어요! 남의 일에 신경 끄시고 들어가게나 해달라고요!"

문이 벌컥 열리더니 거기에 그녀가 서 있었다. 마침내 라우라가 나를 보러 찾아온 것이다.

라우라가 병상 가까이 걸어왔고, 그녀를 말리려 애쓰는 간호사가 뒤를 따랐다. 나를 보자마자 라우라의 안색은 너무나 창백하게 질려 당장이라도 쓰러질 것처럼 보였다. 그녀의 표정을 보더니 간호사는 더 이상 말릴 수 없다는 걸 알았는지 멈칫했다. 오히려 어깨를 토닥이며 라우라를 위로했다.

라우라는 마치 유령을 보기라도 하는 것처럼 나를 바라보며 미동도 하지 않고 서 있었다. 그러던 라우라가 이윽고 악을 쓰기 시작했다.

"이 나쁜 개자식아! 어떻게 이런 짓을 할 수가 있어? 네 꼴을 봐, 어떻게 이럴 수가 있냐고?"

눈물이 그녀의 얼굴을 타고 마구 쏟아져 내렸다.

"나보고 이제 어떡하라고. 내 몰골도 좀 보라구!"

라우라가 배에 손을 댔는데, 임신한 지 7~8개월은 되었음이 틀림없었다.

라우라가 내 얼굴을 잡아끌려고 침대로 몸을 던졌을 때

속으로 움찔했다. 애석하게도 간호사가 그녀의 팔을 붙들어 겨우 제지했다. 애석하다고 한 까닭은, 라우라가 얼마나 화가 났을지 충분히 이해하고도 남았기 때문이다. 그녀의 화를 풀어줄 수만 있다면 기꺼이 그녀 뜻대로 하게 놔두었을 것이다. 이 죄책감을 조금이라도 덜어낼 수 있다면 뭐든 했을 것이다.

간호사가 라우라의 팔을 꼭 붙들자 그녀는 벗어나려고 몸부림쳤다.

"이거 놔. 이 빌어먹을. 이거 놓으라고!"

라우라가 미친 사람처럼 버둥댔다.

"제발 진정 좀 하세요. 환자분에게 이러시면 안 돼요. 마음을 추스려보세요."

간호사 페이스가 계속 라우라를 달랬다.

라우라가 조금씩 진정하기 시작했다. 몸부림을 멈추더니 간호사가 잡고 있게 내버려뒀다. 그 즈음 경비원 두 명이 병실에 도착해 있었다. 흰색 유니폼을 입은 키가 큰 남자 둘이었다. 간호사는 상황이 통제되고 있어서 괜찮다는 손짓을 했다. 경비원들을 따라 라우라와 간호사도 병실을 나갔다.

온갖 모순적인 감정이 정신없이 휘몰아쳤다. 라우라가 무사하다는 걸 알게 되어 기쁘면서도, 그토록 괴로워하는 모습에 마음이 황망했다. 그것뿐인가… 라우라가 임신을 했다. 세상에, 왜 지금? 내가 라우라와 아이에게 아무것도 해줄 수가 없는 왜 이때인가? 아이와 라우라는 어떻게 될까? 왜 나에게만 이런 일들이 자꾸 일어나는 것일까?

"오! 왜 나에게만 이런 일들이 자꾸 일어나는 것일까?"

깊은 영혼이 조롱하는 말투로 나를 따라했다.

"너에게만 이런 일이 생긴다고? 후후… 모든 일은 마음먹기에 따라 다르지."

"닥쳐! 빌어먹을! 지혜랍시고 지껄이는 네놈의 헛소리 좀 집어치우라고!"

분노로 심장이 터질 것 같다고 느낀 순간, 정말로 가슴에서 날카로운 고통이 느껴졌다.

"무지, 오만은 괴로움을 부르고…."

그것은 기묘한 일이 벌어지기 전 내가 마지막으로 들은 말이었다.

• 제 6 장 •

　몇 분 후에 시야가 완전히 바뀌었다. 더 이상 싸구려 천장 네온등을 바라보고 있는 게 아니라, 내가 나를 내려다보고 있었다. 내 영혼이 공중에서 움직이지 않는 쇠약한 내 육신을 바라보고 있었다. 눈을 부릅뜬 채 끔찍한 고통에 가득 찬 표정으로 누워 있는 초라한 내 모습. 나를 방문한 사람들이 하나같이 나를 보고 소스라치게 놀라는 까닭을 내 눈으로 확인하게 되었다.

　마치 슬로 모션처럼 모든 일들이 눈앞에서 느리게 지나갔다. 병상 옆 기계에서 심장이 멈췄음을 알리는 경고음이 울렸다. 의사들과 간호사들이 병실로 뛰어 들어왔다. 그 중에는 간호사 페이스도 있었다. 의료진이 서둘러 전선을 확인한 뒤 스위치를 켰다.

완전한 고요함과 거대한 평온에 휩싸였다. 불과 몇 초만에 살면서 겪었던 중대한 사건들이 모두 떠올랐다. 떠올랐다기보다 떠나보냈다고 해야 옳을 것 같았다.

아기였을 때 엄마 품에 안겨 느꼈던 평온함과 따스함을 떠나보냈다. 엄마의 향기로운 체취를 맡았고, 두 눈에 담긴 다정한 눈빛을 봤고, 나에 대한 애정과 사랑을 느꼈다. 사랑하는 사람들과 함께 보냈던 행복한 순간을 떠나보냈다. 웃음소리를 들었고, 사랑하는 사람들과 나누던 기쁨을 느꼈다.

몇 초 만에 인생에서 의미 있던 모든 순간들이 파노라마처럼 스쳐지나갔다. 태어나서 처음 바다를 보았던 날, 피부에 느껴지는 햇살의 따스함, 그리고 첫 키스, 내가 가장 좋아하는 음식의 맛, 살면서 보았던 아름다운 풍경들, 좋아하는 음악, 라우라와 함께했던 수많은 아름답던 순간들….

'다시 라우라와 함께할 수 있다면… 우리 아이에 대해 알아갈 수 있으면 좋을 텐데….'

이것이 그토록 경이로운 순간 끝자락에 들었던 생각이었다.

그 다음에 일어난 일은 그다지 유쾌하지 않았다. 강력한 전기 충격이 내 의식을 육체 안으로 되돌려놓았다. 한 의사가 내 가슴팍에 가져다 대려고 두 개의 패들을 쥐고 상체를 기울였다. 또 한 차례의 전기 충격에 튕기듯 등이 휘며 온몸에 경련이 훑고 지나갔다.

"맥박이 잡혔어요."

뒤에 있던 누군가 외쳤다.

"바이털 사인도 돌아왔어요."

간호사 한 명이 말했다.

다들 병실을 떠나려 하는데 한 의사만이 음울한 표정으로 나를 지켜보고 있었다.

"뭔가 마음에 걸리세요?"

간호사 페이스가 물었다.

"그를 되살리는 게 옳은 일인지 모르겠네요."

"옳은 일이죠. 그게 의사의 일이잖아요."

그녀가 의사의 등을 두어 번 토닥이며 말했다.

"뭐, 어쨌든 그가 오래 버틸 것 같진 않군요."

의사가 냉담하게 말했다.

의사는 병상 주변 기계가 제대로 작동하는지 확인하고는, 보호자에게 연락해서 소식을 전하라고 한 뒤 병실을 나갔다.

육체의 고통과 불편함이 다시 돌아왔지만 조금 전에 빠져들었던 마음의 평정만은 여전히 느껴졌다. 전에 없이 정신이 맑았다. 일순간 모든 걱정과 두려움, 불안이 사라졌다. 갑자기 잃었던 심오한 지혜를 되찾게 된 기분이다. 마치 몇 초 동안 더 넓은 관점에서 볼 수 있도록 허용된 느낌이었다. 희한하게도 모든 게 한눈에 들어왔다. 의사들, 간호사들, 햇빛, 벽들, 밖에서 지저귀는 새들 소리까지.

'나'라는 의식의 거품이 터져버린 것 같았다. 비로소 다시 돌아왔다. 내 안에서 무언가 변했지만 나는 돌아와 있었다. 나는 변해 있었다.

방금 무슨 일이 일어났는지 알 수 없다. 아마 고압의 산소가 뇌에 주입되고 있어서 환상을 보았던 것일 수도 있고, 의식의 높은 경지에 도달한 것인지도 모르겠다.

사실 그런 건 중요하지 않았다. 내가 확실히 알고 있는 것은 라우라와 함께 있고 싶은 마음, 태어날 아이가 보고 싶다는 마음이 나를 살렸다는 것이다. 나라는 존재는 이야기와 기억, 기대와 믿음, 좋아하는 것, 경험, 염원과 욕망의 혼합체이며… 이 모든 것들은 특별하며 두 번 다시 경험할 수 없을 것이다. 서로의 곁을 지켜주고, 누군가와 함께하고, 다른 사람을 사랑하는 건 너무도 중요한 일이었다. 내가 가장 원하고 필요로 하는 건 다른 사람과의 연결과 사랑이라는 걸 그 어느 때보다 확실히 알 수 있었다. 다른 사람과의 연결과 사랑, 이것을 알고 느낄 수 있다는 것은 아름다운 일이다. 마침내 모든 게 분명해졌다.

불현듯 내가 놓여 있는 상황에 대해 조금도 신경을 쓰지 않고 있다는 사실을 깨달았다. 지금 여기에 내가 존재하고 있는 기쁨, 단지 구경꾼일 뿐일지라도 삶에 참여하고 있다는 기쁨, 그것만으로도 충분히 가치가 있었다.

"죽음을 잠깐 맛보는 것만큼 삶을 감사하게 만드는 게 또 있을까? 아직도 나한테 화가 났나?"

깊은 영혼이 말하는 게 들렸다.

"분노 같은 감정은 초월한 지 오래됐어."

그가 전에 했던 말을 따라하며 놀려주었다.

"하! 죽다 살아나더니 기분이 아주 좋은가보군?"

"방금 나한테 기적이 일어났거든."

"말 그대로 삶은 기적이야. 사람들이 잊고 살 뿐이지. 사람들은 문제에 대해, 놓친 것들에 대해, 쓸데없는 걱정에 대해, 무의미한 노력에 지나치게 집중하지.

사람들은 매일 아침 일어나는 것에 익숙하고, 심장박동을 느끼는 것에 익숙하고, 감각의 경이로움에 익숙하고, 생각과 사랑과 개성을 표현할 수 있다는 것에 익숙하지. 그래서 이 모든 것들이 소중한 선물이자 기적이라는 걸 잊고 사는 거야. 삶에서 매일매일 선물을 받지만 그걸 낭비하는 거지.”

　　“이런 비극이 따로 없네.”

　　“죽음은 너의 조언자이자 가장 친한 친구야. 그건 죽기를 바라거나 죽음에 대한 망상에 사로잡히거나, 죽음이 피할 수 없으므로 낙담하라는 뜻이 아니야. 언젠가는 누구든 죽는다는 걸 기억하라는 거지. 죽음은 언제 어느 때든 다가올 수 있어. 이걸 기억하는 것만으로도 모든 게 새롭게 보일 거야. 죽음이 모습을 드러낼 때 일상의 사소한 문제들은 더 이상 중요하지 않게 돼. 걱정은 의미가 없어지고 인간관계 속에서 일어나는 다툼이나 증오, 원망도 사라져. 살아있는 순간을 충실히 살길 원하게 되기 때문이야.”

　　“죽음을 경험하고 나서야 비로소 진정으로 깨어난 기분이 들어.”

　　“살기 위해선 죽어야 하는 법이랄까. 이제부터 대화가 훨씬 흥미로워지겠군.”

"전에는 늘 잠들어 있었던 것 같아."

"대부분의 사람들이 평생 꿈속에 살지. 더 나쁜 건 그게 딱히 좋은 꿈도 아니란 거야. 우린 다른 사람이 말한 것 이상을 보지 못하고, 벗어날 생각조차 못하며 일상에 끌려다니지. 결코 원하는 결과를 불러올 수 없는 행동, 만나기만 하면 싸우는 만족스럽지 못한 관계, 자기 몫이 아닌 걸 탐하는 탐욕, 싫어하면서도 반복하는 습관이라는 함정에 빠져 있는 거야."

"쉼 없이 일하고, 다른 사람 말만 듣는 로봇처럼 말이지? 모두가 주입된 생각에 자동적으로 반응할 뿐, 스스로 생각하고 진실을 보고 제대로 살아가는 법을 한 번도 배우지 못했지."

"그래. 강요된 믿음을 무조건 따르면서도 한 번도 의구심을 갖지 않고 다음 세대에 물려주는 거지."

"하지만 평생 믿어온 걸 어떻게 한순간에 떨쳐버릴 수 있을까? 습관이나 행동 패턴, 일상은 뿌리가 깊잖아."

"모든 건 마음먹기에 달렸어."

"이걸 온 세상에 알릴 수 있으면 좋을 텐데. 가장 높은 산으로 달려가서 큰 소리로 외치기라도 하고 싶네!"

"뭐라고 말할 건데?"

"그 동안 당연하게 여기던 믿음에 의심을 품으라고 얘기하겠어. 그게 아니라고, 사고방식을 바꾸라고 독려하겠어. 모든 건 마음먹기에 달렸으니 무슨 일이 일어나는지가 중요한 게 아니라, 어떻게 반응하는지가 중요하다고 말해주고 싶어."

나의 깊은 영혼이 환하게 웃음을 터뜨렸다.

"이제야 감을 잡았군! 교육이나 사회, 과거의 노예에서 벗어나 진정으로 깨어 있는 사람이 되고 싶다면, 그 동안 믿어왔던 모든 걸 시험대에 올려야 해. 그래야 다시 자유로워질 수 있어. 다행히 너와 내겐 아직 그럴 기회가 남아 있고."

몸 상태를 생각하니 한순간 절망에 휩싸이면서 한숨이 나왔다. 그러나 모든 일에 어떻게 반응할지는 내가 선택할 수 있다는 말을 떠올리자 기분이 나아졌다. 마음도 가벼워졌고, 조금 행복해졌고, 있는 그대로 삶을 긍정할 수 있게 되었다.

'좋아. 이걸로 됐어.'

혼자서 되뇌었다.

• 제 7 장 •

그날 밤 아서 형과 로렌과 함께 아버지가 병실을 찾아왔다. 간호사 페이스가 집에 전화를 걸어, 내게 심장마비가 왔고 심폐소생술을 시행했다는 걸 알렸다. 아버지와 아서 형이 병실 문 근처에서 낮은 목소리로 대화를 나누는 사이, 로렌은 병상으로 다가왔다. 아버지와 형이 무슨 말을 하는지는 알아들을 수 없었다.

"아아, 가엾은 오빠."

로렌이 울면서 내 손을 붙들고 한탄했다.

'안녕. 로렌. 다시 보니 좋구나. 난 괜찮으니까 걱정 마. 정말이야. 그 어느 때보다 좋아.'

이렇게 말하는 내 모습을 상상했다.

로렌은 늘 내게 잘해줬다. 결코 서로에게 툭 터놓고 감정을 얘기하지는 않았지만, 필요할 땐 언제든 서로에게 기댈 수 있다는 걸 둘 다 알고 있었다. 그건 우리에게 말로 표현할 수 없는 감정을 느끼게 했다.

담당의사가 두 번 노크를 한 뒤 문을 열고 들어와, 아버지와 단 둘이 이야기할 수 있도록 병실을 비워달라고 요청했다. 로렌과 아서 형이 병실 밖으로 나가자, 의사가 의자 두 개를 침대 곁으로 끌어왔다. 아버지와 긴히 얘기를 나누려는 모양이었다.

"선생님, 제 아들은 어떻습니까?"

아버지가 걱정스런 모습으로 물었다.

"유감스럽지만 별로 좋지 않습니다. 최근에 상태가 악화되고 있습니다. 오늘 심장이 멈추기도 했고요. 비록 지금은 바이털 사인이 안정을 되찾았지만, 언제든 같은 일이 또 일어날 수 있어요."

"내 아들이 곧 죽는다는 말인가요?"

"저희로서는 확실히 알 수 없죠. 벌써 8개월쨘데, 이런 사례는 처음이라서요. 언제 심장이 멈춰도 이상하지 않은 상태이고, 다음에도 소생시킬 수 있을지는 장담할 수 없어요. 그래서 아버님께만 따로 말씀드리고 싶었던 것인데… 서명해 주실 서류가 좀 있어서요.”

그렇게 말하며 의사가 폴더에서 서류를 꺼내 아버지에게 건넸다. 아버지가 서류를 읽기 시작하더니 별안간 솟구치듯 벌떡 일어섰다. 서류를 양손으로 사정없이 구겨 의사에게 던져버리고는 고함을 쳤다.

“당신 미쳤소? 내 아들이 죽게 놔두라는 서류에 서명하라고?”

의사가 소스라치게 놀라 자리에서 벌떡 일어나는 바람에 의자가 뒤로 나동그라졌다. 의사는 한 손으로 벽을 짚어 몸을 지탱하면서 겨우 말을 이었다.

“아버님, 진정하십시오. 그런 게 아닙니다.”

아버지의 성질을 익히 알고 있는 아서 형이 고함소릴 듣고 무슨 일인지 뛰어 들어왔다.

“아버지 무슨 일이에요?”

아서 형이 상황을 중재하려고 아버지와 의사 사이에 자리를 잡고 물었다.

“난 내 아들을 포기할 수 없다. 절대로!”

“알겠어요. 그런데 대체 무슨 일이에요?”

아서 형은 상황을 파악하려고 아버지를 바라보다 의사 쪽으로 시선을 돌렸다.

"다음번에 환자의 심장이 멈출 경우 소생시키지 않아도 된다는 허락이 필요합니다."

의사가 바닥에서 구겨진 서류를 주우며 설명했다.

"그게 최선입니다."

그는 형에게 서류를 건네주고는 눈에 띄게 다리를 휘청거리며 병실을 나갔다.

"그게 최선이라니! 당신이 뭐라고!"

"저분이 오늘 이 애를 살린 의사잖아요…."

"그래서 이젠 죽이고 싶어 안달이구먼!"

아버지는 화가 나서 말꼬투릴 잡았다.

아서 형은 의사가 준 서류를 꼼꼼히 읽어보더니 깊은 한숨을 내쉬고 이렇게 말했다.

"아버지가 이해하셔야죠. 8개월이나 됐는걸요…. 모두에게 가혹한 8개월이에요. 엄마는 심지어 오늘 일어난 일도 모르시고요. 게다가 병원비는 도대체 얼마나 쓰셨어요."

"돈? 돈은 중요하지 않다. 돈은 가장 나중에 생각해야 한다!"

아버지는 고함을 치면서 주먹을 움켜쥐었다. 순간 아버지는 자신이 예전의 모습으로 돌아갔다는 걸 깨닫고는 당혹해하며 사과했다.

"애야, 소리질러 미안하다. 정말이지 어찌할 바를 모르겠구나."

"제 마음도 그래요. 이 일은 우리 모두에게 힘에 부치네요."

아버지가 눈물을 훌쩍였다.

"네 엄마가 이 일을 알게 되면 어떨 것 같으냐?"

"이 일을 겪으면서 엄마가 엄청나게 강해지셨어요. 이렇게나 오래됐는데, 어느 정도 마음의 준비가 되지 않았을까요?"

"자식 잃을 각오가 되어 있는 부모는 세상천지에 없다. 실제로 자식을 잃어보지 않는 한, 그 고통은 헤아릴 수 없어."

"제 말은 그저 시간문제일 뿐이란 걸 엄마도 알고 계시지 않을까 하는 거였어요. 보세요."

아서 형이 나를 손가락으로 가리켰다.

"설사 깨어난다 해도 정상일 리 있겠어요? 이렇게 된 지 꽤 오래됐는데… 뇌가 계속 작동하고 있는지조차 모르잖아요."

'그 어느 때보다 쌩쌩 돌아가고 있어. 최상의 상태라고!'

내가 머릿속으로 대답했다.

"하지만 그런 건 우리가 결정할 일이 아니야."

아버지는 손가락질을 막으려 아서 형의 손을 잡아 내렸다.

"그건 신을 우롱하는 일이 아니겠냐?"

"이대로 살려두는 게 오히려 신을 농락하는 거겠죠. 심장을 멈추게 한 게 바로 신이신데, 우리가 신의 의지에 반해 이 아일 살려두고 있는 건지도 몰라요. 지금 이 애는 엄청난 고통 속에 있는데, 우리가 그 고통을 연장하고 있는 것일지도 모른다고요."

아버지가 의자에 털썩 주저앉아 얼굴을 양손으로 감싸고 더듬더듬 말을 토해내며 흐느꼈다.

"제길, 제길, 제기랄. 이 얼마나 잔인한 짓거리냐! 엿이나 먹으라지. 빌어먹을 신 따위는 엿이나 먹으라고! 당신, 내 말 듣고 있나, 개자식!"

아버지의 절규가 병실을 가득 채웠다. 나에 대한 아버지의 사랑이 얼마나 깊으면 신에게 대들까 생각하니 가슴이 울컥했다.

"심폐소생술 포기각서에 서명하세요. 아버지."

아버지의 폭풍 같은 통곡이 잦아든 뒤 아서 형이 말했다. 아서 형이 아버지에게 구겨진 서류뭉치를 건넸다. 아버지는 얼마간 서류를 노려보다 기계적으로 재킷 속주머니에 손을 뻗어 펜을 꺼냈다. 그는 얼굴에 번진 눈물을 닦은 뒤 내 사망 승낙서에 서명을 했다.

"청승 좀 그만 떨어!"

내 깊은 영혼은 말을 골라서 하는 법이 없다.

"우리는 모두 죽게 돼 있어. 오래 사는 게 중요한 게 아니야. 살아가는 매 순간을 의미 있게 사는 것이 중요하지."

"아버지나 형에게 화가 나지 않는 게 낯설게 느껴져."

"본질적으로 용서란, 행위가 아니라 헤아려보는 마음이지. 모든 사람들은 최선이라고 생각하는 걸 행하려고 하고, 모든 행동은 선의에서 비롯되며, 우리가 하는 것들이 사실 행복이라고 믿는 것에 한 발 더 다가가기 위한 거야. 그걸 알면 우리가 애초에 누구를 용서하고 말고 할 게 없어."

"누군가가 고의로 상처를 준다면?"

"아마 그도 어릴 때 상처를 받았던 거겠지. 그런데 그런 사람들 보면 오히려 연민이 들지 않아?"

"그렇긴 해."

"우린 모두 나름 최선을 다하고 있지. 그저 각자가 다른 정보를 듣고 자란 것뿐이야."

"그렇다면 세상엔 나쁜 정보가 넘쳐나고 있었던 거네."

잠시 후 로렌이 병실로 들어왔다. 아버지와 형은 무슨 일이 있었는지 설명했다. 그들은 어머니가 마음의 준비를 할 수 있도록 이 상황을 알려주는 게 좋겠다는 데 뜻을 모았다. 로렌과 아버지는 집으로 가고, 아서 형이 의사에게 서류를 전해주기로 했다.

• 제 8 장 •

다음 날 라우라가 다시 나를 보러 왔다가, 병실에 있는 부모님과 마주쳤다. 사고 이후 서로 만난 적이 없어서 부모님은 라우라가 임신했다는 걸 몰랐다. 라우라는 조금 침착해진 것 같았다. 라우라의 표정을 보니 전날의 분노가 깊은 슬픔으로 옮겨갔음을 알 수 있었다.

내가 보고 있는 가운데, 라우라가 사고 당일 밤 무슨 일이 있었는지 설명했다.

"파티가 있던 날 저흰 크게 다퉜어요."

라우라가 어머니에게 설명했다.

"이 사람이 술을 너무 많이 마셔서 몹시 취해 있었거든요.

에드워드란 친구랑 둘이 나갔다 들어왔는데, 그 뒤부턴 둘 다 정말로 이상하게 행동했어요. 눈빛이 흐리멍덩했고 두서없는 말을 해댔어요. 이미 파티엔 마음이 떠났고 다른 데로 가기로 결정한 눈치였죠. 제가 말려봤지만 역부족이었어요. 제대로 몸도 못 가누면서 에드워드의 차를 타고, 타이어 긁히는 소리를 내며 운전을 하고 갔죠. 저는 무기력했고 멍하니 서서 차가 멀어지는 걸 지켜볼 수밖에 없었어요. 모퉁이에 다다랐을 때 빨간불인데도 신호를 어기고 내달렸고요…."

라우라는 잠시 멈추고, 본 것을 정확히 기억하려고 애쓰며 바닥을 뚫어져라 응시했다. 어머니는 치미는 울음을 삼키려는 듯 손으로 입을 막았다. 아버지는 팔을 뻗어 어머니를 감싸 안았다. 라우라가 다시 말을 이어갔다.

"화물트럭 한 대가 달려오고 있었어요. 트럭이 그대로 차의 운전석을 들이받았어요. 트럭 운전수가 미처 브레이크를 밟을 틈도 없었을 거예요. 얼마나 세게 들이받았던지 차가 몇 바퀴 굴러 뒤집혔죠. 차로 달려가서 둘을 보았을 때 둘은 금속 파편과 유리 파편에 피범벅이 되어 있어서, 저는 틀림없이 둘 다 죽었다고 생각했어요."

"그 다음은 어떻게 됐니? 넌 어떻게 했고? 어디로 갔어?"

아버지가 물었다.

"잘 기억나지 않아요. 무슨 일이 일어났는지 보려고 사람들이 차 주변으로 몰려들었고, 저는 뒤로 점점 밀려났던 것만 기억해요. 마치 몽유병 환자처럼 현장에서 벗어나 정처없이 걸었어요. 어디에 있었는지도 생각나지 않고, 집에 어떻게 갔는지도 기억이 나지 않아요."

"왜 우리에게 연락하질 않고? 네가 같이 사고를 당한 건 아닐까 걱정했는데, 우린 네 주소도, 전화번호도 모르잖니?"

어머니가 말했다.

"정말로 죄송해요. 너무 두려웠어요. 그 일이 있고 나서 정말이지 암담해서 집밖에는 한 발짝도 나갈 수가 없었어요. 저는 둘 다 죽었을 거라고 생각해서, 이 상황을 어떻게든 이겨내야 했어요."

"그러면 아기는…."

"저 사람 아이예요. 아드님의 아이예요."

라우라는 어머니의 말이 끝나기도 전에 대꾸했다.

"저 사람도 아직 모르고 있어요. 말할 기회가 없었으니까요."

"아이고, 얘야!"

어머니가 라우라를 안고 눈물을 흘렸다.

라우라가 어머니를 마주안고 아버지를 건너보았다. 아버

지는 어머니와 라우라를 한꺼번에 꼭 안았다. 얼마간 그대로 있다가 라우라가 입을 뗐다.

"산부인과 검진 때문에 왔다가 이 사람이 여기에 있다는 걸 알게 됐어요. 그렇게 이 사람을 찾게 되었는데…."

라우라의 눈에 눈물이 차올랐다.

"아가야, 마음을 단단히 먹어야 한다."

어머니가 말하며 라우라의 손을 꼭 잡았다. 어머니도 라우라도 날 보면서 하염없이 눈물을 쏟았다.

부모님과 라우라는 그간 있었던 일과 임신에 대해 계속 이야기를 나눴다. 이제 아이가 태어날 날이 3주밖에 남지 않았음을 알 수 있었다. 모두들 너무나 침착해 보여 놀랐다. 왜 상황에 대해 불평하는 걸 두고, 깊은 영혼이 나에게 오만하다고 말한 것인지 비로소 깨달았다.

"우리 모두에겐 최악의 상황을 헤쳐나갈 수 있는 힘이 내재되어 있어. 그래서 사랑하는 걸 잃는 고통을 몇 번이고 극복해내지."

깊은 영혼이 말했다.

"세상이 끝날 것처럼 느껴지고 도저히 고통을 감내할 수 없을 것 같은데도?"

내가 물었다.

"그럴 땐 힘든 상황을 이겨냈던 경험을 떠올려야 해. 우리가 감정적이고 사랑이 많은 존재라서 그토록 아파한다는 걸 이해해야 해. 만약 우리가 어떤 것에도 개의치 않는 존재라면 고통도 느끼지 않았겠지. 반대로 누군가를 사랑하는 데서 느껴지는 최고의 기쁨도 누리지 못할 테고."

"생각해보면…."

내가 중간에 끼어들었다.

"다른 사람을 사랑하는 건 용기 있는 행동이란 거네. 애착의 대상을 필연적으로 잃게 될 줄 알면서도, 모든 게 끝날 수 있고 보답을 받을 수 없다는 걸 알면서도, 우린 사랑을 하니까."

"맞아. 누군가에게 사랑을 주는 것 자체가 너 자신에 대한 선물이나 다름없어. 그러니 네가 주는 사랑에 대한 대가로 아무것도 받을 필요가 없지."

"그럼 왜 항상 사랑엔 그토록 큰 괴로움이 따르는 걸까?"

"사람들이 흔히 사랑이라고 부르는 건 사실 사랑이 아니야. 우리를 괴롭게 하는 건 이기주의와 오만 때문이야."

"설명을 더 해줘!"

"사랑 때문에 괴롭다고 말하는 사람들은, 사실은 사랑하는 사람에게 자기가 바라는 대로 해야 한다고 믿고 있어서 괴로운 거야. 그건 오만이야. 이기적인 사람은 사랑하는 사람이 자신의 요구를 만족시켜줘야 한다고 생각하지. 그게 뜻대로 안 되니 괴로운 거고.

대부분의 사람들이 사랑이라고 말하는 건 '내가 원하는 모습대로 있어주고, 내가 말하는 대로 행동해줄 경우 당신을 사랑하는 데 동의한다.'라고 쓰인 비즈니스 계약서에 가까워.

본래 사랑은 자유로운 거야. 요구하지 않고, 상대방을 바꾸려 하지 않고, 소유하려 들지 않고, 조건을 달지 않는 거라고."

"우리가 그토록 강한데 한편으론 그토록 괴로움을 겪는다는 사실 자체가 모순처럼 느껴지는데?"

"많은 사람들이 괴로움과 불행에 익숙하지. 너무나 익숙한 나머지 불행을 자신의 정체성과 개성의 일부로 인식해. 그래서 좀처럼 행복하지 못한 거야. 부정적인 것에 집중하다 보니 매일 받는 축복에 대해 망각해버리는 거라고."

"그럼, 그 어떤 것에도 상처를 받지 말아야 한다는 건가?"

"고통과 괴로워하는 것은 서로 별개야. 고통은 삶의 일부이고, 사랑하는 무언가를 잃는 데서 비롯되지. 상실의 고통이라 할 수 있어. 그에 반해 괴로움은 지금 일어나고 있는 일을 받아들이길 거부하는 것에서 생기지. 어쩌면 지금과 다를 수 있지 않았을까 생각하거나, 자신이 원하는 방식으로 일이 돌아가야 한다고 고집하는 데서 비롯돼."

"우리 인생에 대한 책임은 우리에게 있다고 하지 않았나? 우리는 바라는 대로 인생을 꾸려나갈 권한이 있다고 하면서, 다른 한편으론 우리에게 일어나는 일을 받아들여야 한다니."

"물론 너는 네 삶에 대해 책임이 있어. 여기에 또 하나의 모순이 있지. 너는 절대적으로 무기력하지만 한편으론 전지전능해."

"딱 지금 내 상황이네. 나는 지금 일어나고 있는 일을 바꿀 만한 그 무엇도 할 수 없고, 그럴 만한 힘도 없지. 하지만 그걸 받아들이자마자, 즉 내 의지로 할 수 있는 걸 하려고 하니 더 이상 괴롭지 않게 되었어. 불과 며칠 전만 하더라도 형벌 같았던 일이 이젠 축복에 가깝게 느껴져. 그리고 사랑하는 사람들과 조금 더 시간을 보내면서 그들 삶의 일부가 될 수 있는 기회로 받아들이게 되었지. 불과 며칠 전만 하더라도 죽고 싶었는데, 지금 바라는 건 오로지 아이를 볼 수 있도록 딱 3주만 더 살았으면 좋겠단 생각을 해."

"외부 상황은 하나도 변하지 않았고, 지금 일어나고 있는 일에 대한 너의 태도만 바뀌었는데 말이지. 그게 바로 인간이 가진 가장 위대한 힘이야. 인생에서 일어나는 일에 어떻게 반응할지 결정하는 능력! 주변에서 일어나는 일을 통제할 순 없지만, 상황을 해석하고 어떤 태도를 취할지는 얼마든지 결정할 수 있어. 네가 생각하는 것, 네가 내리는 결정, 네가 삶을 어떻게 바라보고, 어떻게 경험하길 원하는지에 대한 책임은 너에게 있으니까 말야."

"어느 누구도 아닌 나 자신에 대해 책임져야 하지."

"바로 그거야. 다른 사람들이 느끼거나 생각하거나 행동하는 것에 대해 책임져야 한다고 생각하면, 네 삶은 형용할 수 없는 괴로움과 실망으로 가득 차게 될 거야. 많은 사람들이 마치 그렇게 함으로써 어떤 식으로든 돕고 있는 양, 다른 사람의 죄책감과 고통과 괴로움을 짊어지려 하지. 하지만 누군가를 행복하게 해주겠다는 생각은 지극히 오만할 뿐더러, 가능하지도 않아. 그런 생각 따위는 짊어지기엔 너무 무거운 쓸모없는 짐이야. 각자의 삶은 각자가 책임져야 해."

머릿속 대화에 심취한 나머지 부모님이 나와 라우라만 남겨두고 나간 것도 몰랐다. 라우라는 병상 가까이로 의자를 끌어와 내 손을 잡고 얼굴을 바라보며 소리 죽여 흐느끼기 시작했다. 제대로 닫혀 있는지 확인하려는 듯 병실 문 쪽을 살피더니 상체를 수그리고 비밀스럽게 속삭였다.

"자기야, 안녕. 당신이 너무 그리워…."

목이 메는지 더는 말을 잇지 못했다. 라우라는 내 가슴팍에 팔을 두른 채, 나와 베개를 나눠 베고 머리를 뉘었다. 라우라의 눈물이 내 뺨을 타고 흘러내리는 게 느껴졌고, 라우라의 향기에 우리가 함께했던 순간들이 떠올랐다.

라우라의 머리를 쓰다듬고, 키스로 눈물을 닦아주고, 나도 당신이 너무나 그립다고, 내가 아직도 살아 숨쉬는 이유는 오로지 당신 때문이라고 말할 수 있다면 얼마나 좋을까. 내가 얼마나 사랑하는지 말할 수 있고, 이렇게 힘든 시간을 겪게 한 걸 용서해달라고 빌 수 있다면 얼마나 좋을까.

라우라는 얼마간 그대로 있다가 고개를 들어 나를 바라봤다. 깊은 영혼과 내가 이야기했던 것처럼 라우라는 내면의 강인함을 보이며, 울면서 웃었다. 그 모습이 얼마나 경이로웠는지!

"내 배가 이렇게 크고 뚱뚱한 건 처음이지?"

라우라는 손으로 배를 쓸며 장난스럽게 말했다.

"당신 아이야. 이제 곧 태어날 거야."

라우라의 얼굴에 수심이 어리는가 싶더니 곧 추스르며 말을 이었다.

"이 아이는 사랑의 결실이야. 우리 사이가 순탄치만은 않았지만 당신이 날 사랑한다는 건 늘 알고 있었어."

말을 하면서 라우라는 슬픔과 기쁨의 기묘한 조화 속에 울음과 웃음 사이를 오갔다.

'당신을 너무나 사랑해. 내가 당신에게 못되게 굴었다면 그건 다 내가 잘못된 생각을 하고 있었기 때문이야. 그 모든 것에도 불구하고 이 순간 내 곁에 있어줘서 정말로 고마워.'

나는 이렇게 말하는 내 모습을 상상했다.

"우린 이제 어떻게 될까?"

라우라가 한숨을 내쉬며 말했다.

'어떤 일이 닥치든 다 괜찮아질 거야. 두고 봐.'

얼마나 어려운 일이 생기든, 우리에겐 인생의 모든 도전에 똑바로 맞설 수 있는 힘이 있다는 확신으로 자신 있게 대답했다. 심지어 그것이 인생의 가장 큰 최후의 도전일지라도….

• 제 9 장 •

두 주가 별 탈 없이 흘러갔다. 머릿속으로 깊은 영혼과 계속 대화를 이어가며, 이 기간 동안 인간의 진정한 가치와 우리의 능력, 책임 등과 같은 수천 가지 문제들에 관해 평생 배웠던 것보다 더 많은 걸 깨닫게 되었다.

병원에서는 특별히 면회시간을 변경해서 가족이 병실에 머물며 자고 갈 수 있게 해줬다. 내 심장이 언제 멈춰도 이상하지 않은 상황이었기 때문이다. 벽 쪽에 보조 침대를 하나 들여놔서 어머니가 밤에도 내 곁에서 지낼 수 있게 되었다. 어머니가 쉴 수 있게 아버지나 형, 여동생이 병실을 지키기도 했다. 어머니는 만일의 경우에 대비해 늘 곁을 지키고 싶어했지만, 가족들이 병실을 지키다 만약 무슨 일이 생기면 곧바로 연락하겠다고 어머니를 설득했다.

그러던 어느 날 밤, 아무도 병실을 지키고 있지 않은 때가 있었다. 살짝 놀랐지만 어머니나 가족 중 누군가가 곧 오겠지 생각하며 크게 개의치 않았다.

밤 11시 경이었을 것이다. 갑자기 병실 문이 열렸고, 처음 보는 의사 한 명과 함께 간호사가 들어왔다. 페이스 간호사가 배치되기 전에 한때 나를 담당하던, 돌처럼 차가운 표정의 성마른 간호사였다. 둘 다 보는 사람이 아무도 없는지 확인하려고 사방을 휙휙 둘러보고 나서야 안으로 들어와 문을 닫았다. 간호사는 내 쪽을 쳐다보지도 않고 손가락으로 병상을 가리키며 말했다.

"여기가 제가 말했던 그거예요."

의사가 날 보러 다가왔다. 잠시 생각하더니 물었다.

"코마 상태로 얼마나 있었다고 했죠?"

"여덟 달하고 보름이요. 우리가 필요한 거에 딱 맞지 않나요?"

간호사가 대답했다.

"장기 상태가 온전한지는 어떻게 알지?"

의사가 물었다.

"2주 전쯤에 임상적으로 6분 정도 사망 상태였는데 가까스로 살려냈어요. 이후로 바이털 사인은 안정적이었어요. 전부 제대로 기능하고 있어요."

못된 간호사가 대답했다.

의사는 여전히 의심스러워하는 듯했다. 계속 턱을 문지르며, 마치 누군가 당장이라도 병실 문을 열고 들어올까봐 염려스러운 듯 문 근처를 기웃거렸다.

"너무 위험이 커."

마침내 그가 입을 뗐다.

"첫째로, 장치에서 울리는 경고음 소리는 어쩔 것이며, 환자 가족이라도 나타나면? 과연 이런 위험을 무릅쓸 가치가 있는지도…."

"당연히 가치가 있죠!"

간호사가 끼어들었다.

"그 사람들이 우리한테 콩팥 한 개당 5천 달러씩을 주겠다고 했어요. 이 환자의 아버지는 이미 심폐소생술 포기각서에 서명했고요. 알람은 제가 손을 써둘게요. 연결을 끊으면 되거든요. 환자 가족들에 대해선 걱정할 필요가 없어요. 오늘은 안 올 거니까요."

"혈액형은 일치하는지 확인했고?"

의사가 물었다.

"둘 다 Rh+ O형이에요."

"병력은 없고?"

이래선 안 된다고 그녀를 설득할 만한 이유라도 찾으려는 듯 의사가 끈질기게 질문했다.

"깨끗해요."

"곧장 안치실로는 어떻게 데려가려고?"

"제가 안치실 기록을 관리하니까 문제될 건 없어요."

"일이 벌어졌을 때 우리가 여기에 있었다는 건 어떻게 설명할 건데?"

"보세요. 제가 이 환자를 담당하는 걸로 방금 전에 재배치를 받았어요. 아무도 달리 생각하지 않을 거예요. 게다가 선생님이 오늘 밤 당직이시잖아요. 수상할 게 뭐가 있어요? 제가 회진을 돌다 환자가 죽은 걸 발견하고 확인차 선생님을 호출한 거라고 하면 되죠."

"글쎄… 별로 예감이 좋지 않은데."

의사는 머리를 긁적이며 다시 나를 바라봤다.

"더 고민할 게 뭐가 있어요. 돈 때문이란 게 정히 맘에 걸리면, 신장을 받게 될 여자분을 생각하세요. 그 여자분은 앞

길이 창창해요. 그분에겐 엄마가 집으로 돌아오기만을 손꼽아 기다리는 아이도 둘이나 있다고요. 반면에 이 사람에겐 앞으로 무슨 가능성이 있겠어요. 몸은 살았어도 뇌가 죽었는데. 제대로 좀 보세요."

마치 무슨 일이 벌어지고 있는지 내가 다 알고 있다는 걸 느끼기라도 하듯, 의사가 흘끔흘끔 날 쳐다보더니 툭 시선을 떨어뜨렸다.

"알았어."

한숨을 내쉬며 말했다.

"휴. 일단 알람부터 꺼. 난 아무도 안 오는지 확인할 테니까."

간호사가 날 살려주고 있는 기계의 뒷면에 있는 전선을 건드리기 시작했다. 그 와중에 의사는 눈에 띄게 초조해하며 문을 살짝 열고 문틈으로 바깥을 살폈다.

"됐어요."

간호사는 마치 건드려선 안 되는 것을 건드린 어린아이 같은 모양새로, 뒤로 한 발짝 물러서며 양손을 옷에 문질렀다. 의사가 마지막으로 병실 밖을 한 번 살핀 뒤 조용히 문을 닫고 와서 장치를 확인했다.

"잘 봐. 일곱 개의 스위치가 보이지? 급격한 변화를 피하기 위해선 한 시간 간격으로 이걸 하나씩 꺼야 해. 우리가 사용할 수 있게 장기를 좋은 상태로 보존할 수 있는 방법은 이것뿐이야. 지금 12시 정각이군.”

의사가 손목시계를 보며 말했다.

“일단 1번 스위치부터 끄고, 한 시간 뒤에 다시 오도록 해.”

간호사가 컨트롤 패널로 가서 1번 스위치를 껐다. 나는 심장박동이 떨어지는 게 느껴졌고, 금방이라도 잠들 것처럼 갑자기 졸음이 쏟아졌다.

“이 순서대로 스위치를 꺼야 해.”

의사가 왼쪽에서 오른쪽으로 스위치를 가리켰다. 그는 하얀색 의사 가운 소매로 이마에 맺힌 땀을 훔쳤다.

“이건 자네가 처리해줘. 난 장기이식 준비를 할 테니까. 만약 조금이라도 일이 틀어지면, 우리 둘 다 무사하지 못할 거야.”

“걱정도 팔자시네요.”

간호사가 마지막 한마디를 남기고 둘은 서둘러 병실을 빠져나갔다.

· 제10장 ·

의사와 못된 간호사가 나가고 몇 분 뒤 간호사 페이스가 병실로 들어왔다. 어쩌면 계속 살아있을 기회가 있을지 모르겠다고 생각했다. 아직은 죽고 싶지 않았다. 내 아이를 보고 싶었다.

페이스는 병상에 걸터앉더니 잠시 날 다정히 바라보며 늘 그랬던 것처럼 내 머리를 쓰다듬었다.

"안녕, 잘 있었어요? 작별인사를 하러 왔어요."

'작별인사라니! 대체 지금 무슨 일이 일어나고 있는지 알기나 합니까?'

나는 속으로 그녀에게 소리쳤다.

"여기서 당신과 관련된 일은 다 끝났네요."

'안 돼. 제발 가지 말아요.'

내가 애원했다.

'컨트롤 패널을 살펴봐요! 스위치를 다시 켜달라고요!'

"그건 그렇고…."

그녀가 미소를 지으며 뜸을 들이다 말을 꺼냈다.

"라우라 양이 오늘밤 10시쯤 분만에 들어갔어요. 아이가 태어나려면 앞으로 여섯 시간 정도는 걸릴 거라고 하네요. 지금 가족분들이 모두 거기 가 있느라 오늘 저녁에 아무도 못 오신 거예요."

'그렇다면 더더욱 스위치를 켜야 해! 스위치를 켜요! 당장 켜달라고!'

텔레파시라도 보내려고 최선을 다하며 속으로 고함을 질렀다.

"지금은 제가 해드릴 수 있는 게 하나도 없네요. 저를 필요로 하는 다른 누군가에게 가봐야 해요. 제가 당신에게 조금이라도 도움이 되었길 바라요."

'엄청나게 도움이 됐어요. 페이스.'

나는 체념하듯 말했다.

'당신의 존재와 보살핌 덕분에 이곳에서의 처음 몇 달을 가까스로 버틸 수 있었어요. 당신은 내게 조건 없는 사랑이 무엇인지, 아무런 대가를 기대하지 않고 헌신적으로 돌본다는 게 어떤 건지 가르쳐줬어요. 진심으로 고마워요.'

"더 많은 걸 해드릴 수 있었으면 좋았겠지만…."

그녀는 잠시 침묵에 빠져들어 고개를 떨궜다가 뺨을 타고 흐르는 눈물을 닦아냈다.

"다 괜찮아질 거예요. 두고 보세요. 이제 떠나야겠네요."

그녀는 내 이마에 입을 맞추고는 한 번도 뒤돌아보지 않고 병실을 나갔다.

'잘 가요, 페이스. 신의 축복이 함께하길. 당신이 해준 모든 것들에 감사해요. 당신이 당신이라서 감사해요.'

그렇게 해서 마침내 모든 가능성이 닫혔다. 살아있을 시간이 앞으로 여섯 시간 남짓 남았으니, 결코 내 아이를 만나게 되진 못할 것이다. 내 계획을 망친 그 두 사람에게 의식적으로 화를 내보려고 해봤지만 그럴 수 없었다. 그들의 동기가 일정 부분 탐욕에서 비롯되긴 했어도, 어떻게든 내 신장을 가져다 그들이 얘기한 그 여자의 생명을 살릴 수 있다면 그건 좋은 일이다. 이것이 나의 마지막 선행이 될 수도 있을 것이다. 비록 내가 자발적이고 적극적인 역할은 못하겠지만,

신체의 일부로나마 다른 누군가의 경이로운 삶을 계속할 수 있게 한다면 말이다.

얼마나 역설적인가! 병원 한쪽에선 내 아이가 태어날 차례를 기다리고 있는데, 여기선 내가 죽을 차례를 기다리고 있다니. 마치 아이와 나 사이에 뭔가 특별한 연결고리라도 있는 것 같았다.

"당연히 아이와 너 사이엔 특별한 연결고리가 있지!"

내 깊은 영혼이 찾아왔다.

"네 아이와는 물론이고, 전 인류와, 모든 살아있는 것들과, 존재하는 모든 것들이 너와 연결되어 있어."

"당연히 그렇겠지. 우리는 모두 우주의 일부니까."

"넌 우주의 일부가 아냐. 너 자체가 우주야. 네가 생명 그 자체이고."

"내가 생명 자체라고? 그것 참 갑자기 심오하게 느껴지네."

내가 말했다.

"그쪽이 나한테 그걸 설명하기에 남은 여섯 시간으론 부족할 것 같은데?"

"설명하지 않을 거야. 상황을 감안해서 편법을 써보지. 극소수의 인간만이 살아있을 때 경험할 수 있는 뭔가를 보여줄

게. 통과해서 나가….”

“뭐라고? 무작정, 어디로…?”

질문을 다 끝마치지도 못한 상태에서 깨닫고 보니 더 이상 난 병실 안에 있는 것도, 몸 안에 있는 것도 아니었다. 마치 뭐든지 가능할 것 같은 그런 류의 꿈결 같은 느낌이었는데, 꿈을 꾸고 있는 걸 자각하고 있고, 보거나 듣지 않아도 무슨 일이 일어나고 있는지 훤히 알 수 있는 그런 꿈 같았다.

“그게 바로 깨달음이야.”

그가 말했다.

“현자와 종교 지도자와 구도의 스승들이 얻으려고 그토록 애를 쓰는 것, 오랜 세월 고행하며 깊이 명상해야만 도달할 수 있는 경지라고.”

“이곳이 어디지? 천국인가?”

“장소가 아니야. 느낌이지. 네가 익히 알던 차원의 시간이나 공간은 여기에 없어.”

“하지만….”

“쉿, 생각은 멈추고, 그저 느껴봐.”

나 자신을 완전히 내려놓자, 순식간에 내 영혼의 안내자가 내게 준 이 ‘깨달음’이라는 것이 얼마나 귀한 선물인지 이해할 수 있었다. 깨달음은 우주의 일부이면서 동시에 우주

그 자체가 되는 경이로운 느낌이었다. 전 인류와, 모든 살아 있는 것들과, 존재하는 모든 것과의 연결을 느꼈다. 심장이 멎었을 때 의식의 거품이 터지던 것과 매우 흡사했지만, 거듭 계속된다는 것이 달랐다. 가늠할 수 없는 온기와 사랑이라는 평화롭고 경이로운 축복이 끝없이 이어졌다. 혼자라는 두려움도 없었고, 지상에 존재하는 만물을 돌보듯, 그것과 똑같이 삶이 우리를 돌본다는 걸 깨달을 수 있었다. 이곳에선 모든 게 옳았다. 우리 모두는 무언가 더 커다란 것의 일부, 즉 사랑으로 이루어진 아름답고 복잡한 구조의 일부라는 걸 알 수 있었다. 질문은 있지만 답은 필요하지 않았다. 이런 '알지 못함'조차 괜찮았다. 그저 괜찮았다.

"이제 돌아올 시간이야."

이 아름다운 꿈에서 깨어나야 한다고 내 깊은 영혼이 아주 작은 목소리로 속삭였다.

다시 한 번 내가 내 육신 안에 있음을 느끼게 되었고, 완전히 기진맥진했음에도 불구하고 방금 전의 경험에서 비롯된 황홀한 행복감이 생생했다.

"정말이지 놀라웠어!"

나는 들뜬 채로 생각했다.

"나는 존재하는 모든 것들의 일부였어. 내가 별, 태양, 우주에 존재하는 다른 모든 것들만큼 중요했어. 그리고 우리 모두 똑같아!"

"이건 고작 신비주의나 유심론 같은 헛소리가 아니야. 증명할 수 있는 사실이지."

내 깊은 영혼이 다시 말을 이었다.

"너는 네 아버지의 세포들 중 하나와 어머니의 세포들 중 하나가 결합해 창조됐어. 이 두 세포에는 조상 대대로 내려온 모든 유전 정보가 담겨져 있지. 너는 모든 인류와 연결되어 있고, 궁극적으로 우리 모두와 연결되어 있어."

"단지 인류와의 연결만 느낀 게 아니라 만물과 일체감을 느꼈어."

매우 흥미로워하며 내가 말했다.

"네가 어머니의 자궁에 잉태됐을 때, 어머니의 육체와 두 개의 세포엔 네 몸을 구성하는 데 필요한 모든 정보가 들어 있었지. 지금 네 모습 그대로 너를 형성할 완벽한 계획이 들어 있었던 거라고. 눈과 머리카락과 피부 색깔, 입 모양, 양 볼의 보조개, 네 몸에 나는 터럭 한 올까지 세세하게 계획되어 있었어.

어머니의 육체는 그녀가 들이쉬는 공기, 마시는 물, 먹는 음식 등 주변의 모든 재료를 끌어다 널 만들었어. 결국 넌 우주의 조각들로 형성된 거야.

한때는 어느 동물의 일부였고, 그 전에는 어느 곤충의 일부였고, 그보다 훨씬 전에는 장미꽃잎이었던 사과 한 덩이는, 네 심장을 만드는 데 쓰였어. 북극의 빙산이었다가 구름이 되었다가 비가 되어 내려서 한때는 어느 곳의 강이었던 물은, 네 혈관을 타고 흐르는 혈액을 만드는 데 쓰였고. 한때는 어느 산이었고, 기나긴 과거에는 어느 머나먼 별이었던 광물들은, 너의 뼈를 만드는 데 쓰였지.

네가 죽으면 네 몸은 분해되고, 네 몸에서 나온 입자는 재료가 되어 우주는 계속 새롭게 태어날 거야."

"그게 바로 내가 생명 그 자체라고 말하는 이유일까?"

"그래, 맞아. 너를 통해 생명이 유지되고 재탄생하니까 말야. 너를 도구로 삼아 가능성으로 가득 찬 또 다른 기적의 존재가 만들어지지. 여기서 얼마 떨어지지 않은 곳에서 곧 태어날 네 아기 말야. 새로운 존재는 세상에 매우 특별한 무언가를, 그 아이만이 가진 무언가를, 전 우주에 단 하나뿐인 놀라운 선물을 주러 오는 거야."

"내 아이가 특별할 거란 뜻이야? 내 삶의 목적이 아이를 세상으로 데려오는 거였다고?"

"네 아이는 다른 모든 이들과 마찬가지로 특별해. 네 아이가 이 세상에 줄 선물은 그 아이만의 고유함이야. 비록 그 아이는 세상에 존재하는 만물의 일부이긴 하지만, 한편으론 고유한 하나의 존재이기 때문이지. 네 아이는 그 아이만의 생각과 견해와 개성과 감정, 행복과 슬픔을 나누러 여기에 오는 거야. 그게 바로 우리 인생의 목적이지. 자신만의 개성과 독특함이라는 선물을 세상에 전하는 것 말야."

"자기 자신이 되는 것, 그게 삶의 의미로군!"

내가 끼어들었다.

"있는 그대로의 자신이 되는 것, 그건 존재할 수 있는 유일무이한 기회를 즐기는 걸 말해. 세상에 태어나기 전부터 너는 영원의 일부였고, 죽으면 다시 영원의 일부로 돌아가. 우린 우리 자신으로 살아갈 수 있는 짧은 시간을 부여받았으니, 최대한 그 시간을 활용해야 해…"

· 제 11 장 ·

그때 갑자기 문이 열렸고, 이제 내 사형 집행인이 된 간호사가 들어왔다. 간호사는 소리 나지 않도록 조심조심 병실 문을 닫았다. 그녀는 스위치를 끄고 자신을 본 사람이 없는지 확인하며 서둘러 나갔다.

호흡이 느려지는 걸 느끼고 살짝 공황상태가 되었다. 머리가 빙글빙글 돌며 갑자기 눈앞이 흐려졌다. 서서히 줄어든 산소공급에 몸이 익숙해지자 어지럼이 가시고 대신 피로감이 느껴졌다.

더 이상 두렵거나 화가 나지 않았지만 거대한 슬픔의 파도가 덮쳐왔다.

"슬픔은 죄책감과 분노에서 비롯된 거야."

깊은 영혼이 말했다.

"남은 시간 동안 최대한 다른 사람을 용서하고, 그 무엇보다 너 자신을 용서하는 데 쓰도록 해."

나는 단번에 그의 말이 옳다는 걸 깨닫고, 내 인생에서 가장 중요한 이들에게 편지를 쓴다고 상상하기 시작했다. 부모님부터 시작했다.

어머니, 아버지…

두 분께 마지막 인사를 드리려고, 그리고 두 분이 제 삶에 가득 채워주신 축복에 감사하다는 말씀을 드리고 싶어, 죽음의 순간에 이렇게 편지를 써요.

두 분이 저에게 주신 모든 것이 사랑이었음을 이젠 깨달았어요. 제가 저질렀던 모든 실수와 저의 무지로 인해 두 분이 겪어야 했던 힘겨웠던 시간에도, 부모님은 언제나 저를 도우려고 하셨죠. 늘 저에게 가장 도움이 되게 행동하셨고, 할 수 있는 한 최선을 다하셨다는 걸 이제 알게 되었어요.

부모님에게도 좋은 경험과 나쁜 경험이 있고, 다른 모든 사람들처럼 상처와 두려움이 있고, 항상 최선이라고 생각하는 대로 행동하셨다는 걸 이제 알고 있습니다.

인생이 뜻대로 되지 않을 때마다 전부 부모님 탓을 했던 걸 사죄드리고 싶어요. 저의 행동에 대한 책임은 오롯이 저에게 있다는 걸 이 자리를 빌어 인정하려고 해요. 제 운명을 선택할 자유가 저에게 있었음에도, 이런 상황에 처하게 된 것은 모두 저의 잘못입니다.

두 분에 대해 멋대로 판단하고 두 분의 결함과 약점만을 파고들었던 못난 저를 용서해주세요. 저에게 그럴 권리가 없었다는 걸 이제야 알게 되었어요. 두 분의 입장이 되어보지 않고는 알 수 없는 거잖아요. 있는 그대로 받아들이지 않고 사람을 바꾸려 했던 잘못을 이제야 깨닫습니다.

언젠가는, 제가 부모님의 아들이었다는 걸 자랑스러워한다는 걸 알아주셨으면 좋겠어요. 만약 저에게 부모님을 선택할 기회가 주어진다면, 주저 없이 두 분을 선택할 것이란 것도요.

두 분께 괴로움을 드려 정말로 죄송해요. 서로에 대한 두 분의 사랑이, 이 상황과 인생에서 비롯되는 온갖 시련들을 다 이겨내게 할 거라고 믿어요.

어머니, 아버지, 저를 사랑해주시고 돌봐주셔서 감사해요.

저의 어리석음을 인내해주시고, 가르쳐주셔서 감사해요.

그리고 낳아주셔서 감사합니다.

사랑합니다.

당신들의 아들이.

가상의 편지를 마치자 내가 지고 다니던 무게가 한결 가벼워지는 것이 느껴졌다. 삶의 진전을 느리게 하고 버겁게만 하던 무게였지만, 내가 끝내 짊어지고 있던 것이기도 했다.

다음은 태어날 아이에게 편지를 쓴다고 상상했다.

내 사랑스런 아이야,

네가 최초로 빛을 보길 기다리는 이때, 내 생명의 불꽃은 스러져가고 있단다.

단 한 번도 본 적이 없고 만난 적도 없지만, 네가 존재한다는 걸 알게 된 그 사실만으로, 내 삶의 마지막 순간이 기쁨과 희망으로 충만해지는 것 같아 놀랍기만 하구나.

품에 안아본 적도 없는데 너에 대한 깊은 사랑이 느껴지는 이유를 설명할 수가 없구나. 아마도 네가 나와 다른 사람에게 더 나은 세상을 위해 한 줄기 희망의 빛이 될 것이기에 그런 거겠지. 저 높은 곳에 계신 분이 우리에게 더 나은 삶을 살 수 있도록, 한 번 더 행복해질 기회를 주려고 한다는 증거이기 때문이겠지.

부디 나의 죽음이 인생의 상처가 되어서는 안 된다. 나는 내가 스스로 내린 결정과 행동의 결과를 대면하는 것뿐이란다. 너는 나와는 다른 새로운 존재이므로 나의 실수로 고통을 받아서는 안 된다. 이걸 늘 기억하려무나. 나의 죽음을 비극으로 받아들여서도 안 된다. 그건 사실이 아니기 때문이지. 언젠가 우리 모두는 죽기도 할 뿐 아니라, 했어야 할 놓쳐버린 기회를 나중에야 깨닫곤 한단다. 하지만 했어야 할 일이란 존재하지 않는다. 우리가 실제로 한 일만이 현실이니까.

너에게 아버지가 없다는 사실이 너무 많은 영향을 끼치도록 내버려두지 말았으면 좋겠구나. 했어야 한다고 생각하는 일에 집착하지 않는다면, 충분히 현실을 받아들일 수 있을 거야. 거듭 말하지만, 했어야 할 일은 존재하지 않으며 현실만 존재하는 거란다.

마음을 열고 너를 둘러싼 모든 것들과 엄마의 사랑을 받아들이렴. 그러면 나의 사랑이 반드시 필요한 것은 아니라는 사실을 깨닫게 될 거다. 세상에 내가 없어도 너를 아끼고 사랑해줄 사람은 아주 많단다.

이 세상에 너만의 개성과 사랑이라는 위대한 선물을 주려무나. 두려움 때문에 원하는 걸 머뭇거리지 말고, 네 자신이 곧 기적이란 걸 믿어라. 모든 자식들을 보살피듯, 삶이 널 보살피려 한다는 걸 믿어라. 인생을 즐기고 놀라운 경험을 하길 바란다.

사랑한다.

아빠가.

아이에게 보내는 편지를 마친 뒤 라우라에게 보내는 편지를 상상했다.

사랑하는 라우라,

나는 오늘 나의 미래를 근심과 걱정으로 가득 채우고 살아왔다는 걸 깨달았어. 했어야 했던 일들을 상상하며 일어나지 않은 일들을 걱정하며 인생을 허비한 거야. 그러느라 우리가 함께 보냈던 소중한 순간들을 망쳐버렸어.

사람들은 미래에 무엇을 성취할지 계획하고 상상하면서 자신들의 삶을 허비해. 하지만 여기, 임종의 자리에선 모든 게 다르게 보여. 지금에서야 내 인생이 실제로 어떠했는지 제대로 보여. 삶에서 진정으로 중요한 것은 목표나 성취, 부와 지식을 쌓는 것, 자신의 가치를 세상에 증명하는 것이 아니었어. 사랑하는 사람과 함께하는 것임을 깨달았어. 달콤한 입맞춤과 따스한 포옹, 웃음과 나눔, 서로 사랑하는 데 시간을 쏟아야 한다는 걸 이제야 깨달은 거야.

내가 당신을 바꾸려고 강요하며 힘들게 했다는 것을 알아. 당신은 나에게 속하지 않았기에 그래서는 안 된다는 걸 내가 몰랐던 거야. 나쁜 의도로 그런 게 아니라 무지해서, 상처받을까 두려워서 그랬던 거야. 당신에게 헌신해야 하고, 당신에게 사랑받을 자격이 없다는 잘못된 생각 때문에 그랬다는 걸 부디 이해해줘.

내가 저지른 수많은 잘못들에 대해 사과하고 싶어. 내 욕심으로부터 당신을 자유롭게 해주고 싶어. 당신에겐 내 결핍을 채워줄 의무도 없고, 나를 행복하게 해줄 책임도 없었어.

지금 내 가슴엔 당신을 만난 기쁨과 우리가 함께 보냈던 행복했던 시간에 대한 감사와 당신에 대한 사랑뿐이야.

사랑해.

당신의 연인이.

마지막으로 가장 중요한 편지인 나에게 보내는 편지를 썼다.

안녕, 친구.

널 친구라고 부른 이유는 이제야 비로소 네 편이 되어주고 싶어서 그래. 난 오랫동안 네 인생 최악의 적이었잖아. 사실 유일한 적이었다고 봐야지.

두려움이 삶을 지배하게 내버려둔 것도 나였고, 과거의 트라우마에 매달려 현재를 괴로움으로 채운 것도 나였어. 좋은 걸 얻을 자격도 없고, 남보다 못하다고 머릿속에서 되뇌던 목소리의 주인공도 나였어.

나는 불안과 의심과 질투와 원한으로 내 자신을 채웠지. 스스로를 재단하고 내가 했던 모든 일들을 비난했어. 나는 스스로 내 건강과 행복을 망쳤으며 모든 문제들은 모두 나의 책임이었어. 이 모든 문제의 해결책과 정답은 내 안에 있었는데도 몰랐던 거야.

나는 내 인생의 피고인이자 판사이자, 형 집행인이었어. 그리고 스스로 벌을 내리고 벌을 받았지. 그럼에도 불구하고, 이 모든 일들에 대해 오늘 내 자신을 용서하려고 해. 내가 할 수 있는 한 최선을 다했다는 걸 깨달았거든. 다른 사람들과 마찬가지로 나 역시 민감하고 나약한 한 인간일 뿐이고, 인생에서 겪었던 경험이 나라는 사람을 만들었다는 걸 깨달았어. 오늘로써 난 내가 저지른 수많은 실수에 대해 죄책감을 버리려고 해. 왜냐하면 죄책감은 아무짝에도 쓸모없고 아무것도 해결해줄 수 없으니 말야.

주변 상황과 상처에도 불구하고 나에겐 삶을 바꿀 수 있는 능력이 있다는 걸 너무 늦게 깨달았어. 내 삶의 주인은 나였고, 내 생각은 나의 존재를 결정하며, 난 상황의 노예가 아니란 걸 몰랐던 거야. 변화하고 나아지고, 조화롭게 살 권한이 나에게 주어졌음을 깨닫기까지 너무 오랜 시간이 걸렸어.

누구에게나 상처와 트라우마가 있듯이 삶은 경이롭다는 걸 이제야 깨달았어. 보고, 듣고, 느끼고, 맛볼 수 있었던 기회에 감사하려고 해. 다른 사람들과 삶을 나눌 수 있었던 기회에 대해 감사하고, 사람들을 사랑할 수 있도록 나에게 주어졌던 시간에 감사하려고 해.

오늘 난, 나와 다른 사람을 향한 오랜 원망을 모두 던져버렸어.

오늘 난, 나를 구속하던 모든 족쇄를 벗어버렸어.

오늘 난, 두려움과 죄책감으로부터 해방되었어.

오늘 난, 스스로가 저질렀던 모든 실수를 용서했어.

오늘 난, 누구도 내 생각을 지배할 수 없다는 걸 깨달았어.

오늘 난, 누구도 내 감정을 통제하지 않는다는 걸 인정했어.

오늘 난, 모든 상처로부터 자유롭다고 선언하기로 했어.

오늘은 죽기 좋은 날이야.

너를 사랑한다.

내 인생의 가장 소중한 사람이.

속으로 편지를 갈무리하자 어마어마한 해방감이 밀려왔다.

"죄책감과 분노에서 자유로워지기로 한 결정은 남보다는 너 자신과 더 관련되지. 누군가를 용서하기로 했을 때, 원통함이라는 무거운 짐을 벗어던지고 자유로워지는 건 바로 너니까 말야.

많은 사람들이 평생 등에 짐을 지고 다녀. 그 짐에는 과거의 실수나 원한, 죄책감과 분노, 상처와 실연, 환멸, 낙담, 배신, 비참함이 가득 담겨 있지."

내 깊은 영혼이 말했다.

"모두가 자신만의 십자가를 지고 있다고 하잖아."

내가 끼어들었다.

"대체 사람들은 어떻게 그런 생각을 하게 된 것일까? 과거에 매달려 스스로가 자기 등에 십자가를 지운 것을 안다면, 언제든 결심만 하면 다시 내려놓을 수 있는 거 아냐? 어느 누구도 그 고통을 감수하라고 강요하지 않는데 말야."

"모든 것엔 대가가 따른다고도 하던데."

내가 계속했다.

"갈수록 가관이군. 누구한테 그 대가를 치러야 한다는 거야? 꼭 고통으로 대가를 치러야 하나? 사람들은 삶이란 게 얼마나 관대한지, 그들이 받는 사랑이 무조건적이란 것을 모르고 있어. 동식물과 세상의 모든 피조물들이 필요한 모든 걸 얻는 방식과 마찬가지로 우리에게 주어진 것엔 아무런 대가가 따르지 않아."

• 제 12 장 •

또 다시 내 사형 집행인이 병실로 들어왔다. 처음으로 그
녀가 날 보러 다가왔다. 허리를 굽혀 내 얼굴에 맞닿기 직전
까지 얼굴을 바짝 붙였다. 그녀는 마치 창문 너머를 들여다
보는 사람처럼 내 눈 속을 정통으로 파고들었다. 그녀의 이
목구비가 투박하고, 피부에 주름이 많으며, 얼굴이 자잘한
곰보 자국으로 뒤덮여 있다는 걸 알 수 있었다. 입술은 얇고,
색이 없고, 생기가 없었다. 이마에 징그러운 사마귀가 있었
는데 거기에 두 올의 굵은 털이 나 있어서 더더구나 보기 역
겨웠다. 숨은 거칠고 무거웠으며, 숨을 내쉴 때마다 불쾌하
고 이상한 쌕쌕거리는 소리가 났다.

간호사는 그 상태로 몇 초 동안 날 바라봤고, 난 그녀의 어두운 눈 속에 비친 내 얼굴을 볼 수 있었다. 순간 매우 중요한 무언가를 깨달았다.

'이 여자는 또 다른 나다!'

우리 둘 다 다른 사람에게 상처를 줄 수 있고, 거짓말을 할 수 있으며, 탐욕을 부릴 수 있고, 이기적으로 굴 수 있고, 심지어 사람을 죽일 수도 있다. 이를 깨닫자 오싹한 느낌이 들었다.

"놀랍지?"

깊은 영혼이 내 반응을 알아채고 말했다.

"그것 역시 본성의 일부이고 너에게 부여된 자유의 일부야. 자유롭기 위해선 여러 의견이 필요해. 문제에 대해 어떤 선택지도 없는 것이 공정한 거라고 말할 수는 없어. 우리 행동이 가치 있는 이유는, 나만을 위해서가 아니라 모두를 위해 가장 좋은 선택을 한다는 거지."

"선과 악 사이에서 선택을 하는 건가?"

"선과 악에 대한 것이 아니라, 우리에게 도움이 되는 것과 해가 되는 것 중에서 선택하는 거야. 문제는 다른 사람에게 해를 끼치면 언젠간 자신에게 돌아온다는 걸 인정하지 않는 사람들이 있다는 거지. 이 여자만 봐도 그래. 지금 이 여자가 뭘 한 거라고 생각해? 널 이렇게 빤히 들여다보면서?"

"전혀 모르겠어. 나를 가지고 논 걸까?"

확신 없이 물었다.

"네가 깨어 있지 않다는 걸 스스로에게 확신시키고, 양심의 가책을 덜어보려는 거야. 네가 깨어 있을 리 없다는 것을 확인하고, 돈을 위해서가 아닌 장기를 필요로 하는 그 여자를 위해 이 일을 하는 거라고 스스로에게 되뇌고 있는 거라고. 이 일을 하는 주된 목적이 널 해치려는 게 아니라 유익함을 위해서라고 말이지."

"그럼에도 불구하고 오랜 시간 불안감이라는 고통에 시달리겠군."

"맞아, 그리고 그게 바로 이 여자가 감내해야 할 선택이자 결정인 거야. 그녀는 지금 자기 자유의 일부를 행사하고 있는 중이지."

마치 내가 지켜보는 걸 견딜 수 없다는 듯 간호사가 손으로 내 얼굴을 가렸고, 세 번째 스위치가 꺼지는 소리가 들렸다.

이번엔 위장에서 변화가 느껴졌다. 갑자기 엄청난 허기가 느껴졌다. 그 다음으로 허리부터 발끝까지 얼얼하게 저려왔다. 나는 기진맥진하며 가물가물 정신을 잃었다….

제13 장

뺨에서 느껴지는 기분 좋은 자극에 정신이 들었다. 천천히
눈에 초점을 맞추자 장난스럽게 두 손으로 내 얼굴을 쓰다듬
으며 말하는 막냇동생 그레이스의 얼굴이 보였다.

"일어나. 이 잠꾸러기 오빠야! 얼른! 중요한 손님이 왔단
말야."

부모님이 그레이스만큼은 이런 내 모습을 보는 괴로움을
면하게 하려고 병문안을 못 오게 했던지라, 그레이스를 보고
는 움찔하며 놀랐다.

스위치가 딱 하나만 켜져 있는 걸 보니, 내가 의식을 잃은
동안 그 간호사가 스위치 두 개를 더 끈 것이 틀림없었다.

"아기가 태어났단 말야. 정말로 자그맣고 예쁜 여자애라고! 일어나서 좀 봐봐. 일어나! 일어나라고!"

그레이스가 소리치기 시작했는데 목소리에서 간절함이 묻어났다.

"일어나야 해! 일어나라고!"

내 가슴에 기대고 계속 반복해서 말했다.

"봐봐, 그레이스. 이래서 우리가 널 여기에 못 오게 한 거야."

내 아기를 품에 안고 그레이스 바로 뒤에 서 있던 어머니가 말했다.

"진정 좀 하거라, 애야."

"그레이스, 이리 와. 우린 나가자. 오빠 괜찮으니까 걱정 말고."

아버지가 말했다. 어머니 옆에 서 있던 아버지가 몸을 굽혀 그레이스의 어깨를 감싸 안고 다정하게 병실 밖으로 이끌었다.

그레이스가 좀 진정하자, 어머니는 내 쪽으로 돌아, 살짝 몸을 굽혀 아기의 얼굴을 감싸고 있던 강보를 들췄다.

"봐라. 여기, 네 딸이란다."

두 눈은 감겨 있고 얼굴은 발갛게 부어 있는 아기가 한 손을 뺨에 대고 있었다. 아무것도 모른 채 잠들어 있는 아이를 보니 급격히 가슴이 벅차올랐다. 내가 살면서 본 것 중 가장 아름다운 모습이었다.

그때 느닷없이 그 혐오스러운 간호사가 병실 문을 벌컥 열고 들어왔다. 분명 마지막 스위치를 끄러 온 것 같았다.

"여기서 뭐 하는 거죠?"

발각됐을까봐 명백히 겁이 난 표정으로 간호사가 소리쳤다.

"아기를 좀 보여주고 있었어요."

어머니가 안절부절 못 하며 말했다.

"여기 계시면 안 돼요! 빨리 나가셔야 해요!"

어머니를 떠밀며 간호사가 소리를 질렀다.

"당장 나가세요! 당장!"

그녀는 계획이 무산될까 걱정되는지 제정신이 아니었다.

'안 돼. 이럴 순 없어!'

난 속으로 애원했다.

'제발 몇 초만이라도 더 내 아이를 보게 해줘!'

내 인생 마지막 순간이자 내 삶에서 가장 행복한 순간을 빼앗기고 있었기에 나도 제정신이 아니었다.

'단 몇 초만이라도 더! 단 한 번이라도 내 딸을 만져보고

싫어!'

순간, 잠깐 시간이 멈췄다.

"오빠가 움직였어요!"

병실 문가에서 나에게 눈을 떼지 않고 있던 그레이스가
별안간 소리를 질렀다. 어머니와 간호사가 내 쪽을 보려고
몸을 돌렸고, 마치 아기를 향해 손을 뻗으려는 듯 내 왼팔이
들려 있는 걸 발견했다. 간호사는 어찌나 크게 충격을 받았
는지 헐레벌떡 병실에서 뛰쳐나가려다 침대 옆에 있는 링거
대에 발이 걸리고 말았다. 링거 병이 산산이 부서지고 바닥
이 식염수로 흥건해졌다. 간호사는 아버지와 그레이스를 떠
밀치며 허둥지둥 뛰쳐나갔다.

"의사를 불러요! 빨리!"

어머니가 깜짝 놀라 어쩔 줄 모르고 있던 아버지를 채근
했다.

나는 입에 물려 있는 튜브로 왼손을 가져가 그걸 빼내려
고 필사적으로 잡아당겼다. 질식할 것만 같았다.

"오오… 잠깐만 참으렴. 의사 선생님이 오고 계셔."

한 손은 내 어깨에 얹고 다른 팔로 아기를 안은 채 어머니
가 안절부절 못 했다.

거의 동시에 아버지가 심폐소생술로 나를 살렸던 의사를 대동하고 허겁지겁 돌아왔다. 의사는 베개에서 머리를 떼고 있는 나를 보더니, 곧장 다가와 내 이마에 손을 얹고 나를 진정시켰다. 의사는 입에서부터 머리 뒤로 연결되어 있는 고무밴드 두 개를 제거하더니, 내 목구멍을 막고 있던 플라스틱 튜브를 천천히, 그러나 솜씨 좋게 떼어냈다.

나는 폐 한 가득 숨을 들이키며 처음으로 눈을 감을 수 있었다. 숨을 내쉴 때 재채기가 조금 난 후, 주체할 수 없는 눈물이 쏟아지기 시작했다.

"잠시만 자리를 비워주시겠어요?"

의사가 침대에 바짝 들러붙어 있는 부모님과 그레이스에게 말했다.

"자, 여보. 의사 선생님이 일을 할 수 있도록 해드립시다."

아버지가 병실에서 나가자고 손짓을 하며 어머니에게 말했다.

"선생님, 우리 애는 괜찮을까요?"

어머니가 다급한 목소리로 물었다.

"환자가 깨어났다는 것, 지금으로선 그게 우리가 아는 전부죠. 부탁이니, 산부인과 병동에 아기부터 데려다주시겠어요?"

의사가 말했다.

"아, 다행이다! 하느님 감사합니다."

어머니는 감정에 복받치는 것 같았다.

"제가 그랬잖아요! 오빠가 깨어날 줄 알았다고요!"

그레이스가 행복에 겨워 소리쳤다.

• 제14장 •

다음 날 내게 삽입되어 있던 위관을 떼는 수술을 한 뒤, 나는 회복 병동에 있는 다른 병실로 옮겨졌다.

아이러니하게도 날 죽이려 했던 간호사가 날 돌보도록 배정되었다. 간호사는 죽도록 겁을 내며 병실로 들어왔다.

"좋은 아침이에요."

그녀는 눈길을 바닥으로 향한 채 초조해했다.

"좋은 아침입니다."

나는 최대한 자연스럽게 대답했다.

"여기 약이 있어요."

좁은 탁자에 약 두 알을 내려놓으며 그녀가 말했다. 내가 간호사의 행동을 눈으로 좇는 동안, 그녀는 병실 안에 모든 게 제대로 돌아가고 있는지 확인했다.

"저기, 이제… 가볼게요."

그녀는 쩔쩔매며 말했다.

"뭐든지 필요하신 게 있으면 이 버튼을 눌러 부르시면 돼요."

간호사의 머뭇거리는 모습에서, 자신이 저지른 일에 대해 내가 과연 어디까지 알고 있는지 알아내고 싶어한다는 걸 알 수 있었다.

"고맙습니다. 상당히 친절하시네요!"

난 모든 것이 순조로운 체하며 대답했다.

간호사가 병실 문을 향해 막 나가려는 순간 내가 물었다.

"그건 그렇고… 내 신장을 필요로 한다던 그 여자분은 어떻게 되셨나요?"

내가 모든 걸 알고 있다는 사실이 분명해지자, 간호사의 얼굴은 순식간에 백짓장처럼 하얗게 질려버렸다. 그녀는 마치 귀신이라도 본 것처럼 나를 뚫어지게 바라봤다.

"여, 여자분이요? 괜찮아요. 그분은 괜찮으세요. 환자분이 깨어난 날, 그분도 기증자를 찾으셨어요."

그녀는 눈에 띄게 동요하여 더듬거렸다.

더는 아무 말도 하지 않고 떠나는 그녀 등 뒤로 문이 닫혔다. 나중에야 알게 되었지만, 내 장기를 적출해 팔아넘기려던 간호사와 의사는 그날로 일을 그만두고 떠났다고 한다. 내 입이 두려웠음이 분명하다. 이후 아무도 둘의 소식을 듣지 못했다.

가족들이 다시 나를 보러 온 날을 절대 잊을 수 없다. 어머니는 너무나 신이 나서 병실로 뛰쳐들어와 나를 꼭 껴안고, 내 얼굴을 양손에 가두고 입을 맞췄다.

"기적이 일어난 거야! 다시 건강한 모습으로 널 볼 수 있게 되어 얼마나 행복한지 모른다."

어머니는 연신 울다가 입을 맞추다 하셨다.

"저도 어머니를 너무 안아드리고 싶었어요. 정말로 사랑해요."

눈물이 얼굴을 타고 비 오듯 쏟아지는 가운데, 어머니의 어깨에 팔을 두르며 대답했다. 아버지는 눈물을 참으며 그런 어머니와 내 모습을 지켜보고 있었다.

"얼른 이리 오세요. 아무것도 숨기실 필요 없어요. 아버지에게도 감정이 있고, 제가 아버지를 사랑하는 것만큼 아버지도 절 사랑하신다는 걸 알고 있어요."

아버지에게 두 팔을 뻗으며 내가 말했다. 아버지도 침대로 다가오자 우리 셋은 울면서 한참을 서로 꼭 껴안고 있었다.

다음으로 형과 여동생들이 들어왔다. 내내 의식이 있었다는 걸 듣고는 모두 깜짝 놀랐다. 나를 깨우느라 고생했다고 말해주자 그레이스는 너무나 행복해했다. 계속 꼼지락대면서 보란 듯이 내 손을 꼭 잡아주었다.

마지막으로 병실에 들어온 사람은 라우라였다. 라우라는 품에 우리 아기를 안고 있었다. 가족들은 둘만 있게 해주려는 듯 자리를 피했다.

"자기야, 안녕, 좀 어때?"

라우라가 침착하게 물었다.

"당신과 안고 있는 아기 덕분에 살았어."

"우리 덕분에?"

"응. 그토록 간절히 목숨줄을 붙들고 있었던 건 오직 당신 때문이야. 그리고 내 딸을 보고 싶다는 간절한 염원 덕분에 힘을 낼 수 있었어."

"자, 좀 안아봐."

라우라가 아기를 안겨줬다. 조심조심 아이를 받아들고 품에 안았다. 작고 깜찍한 입을 오물거리는 모습에 눈을 뗄 수가 없었다.

"당신을 빼닮았어."

라우라가 포근하게 웃으며 말했다. 그녀는 고개를 기울여 내 입술에 입을 맞췄다.

그날 오후, 이 세상에 나보다 운이 좋은 사람은 없을 거란 생각이 들었다. 나는 다시 태어났다. 그리고 내 인생을 다시 시작하고, 가족을 꾸리고, 지난 9개월 동안 배웠던 모든 걸 실행해볼 기회가 다시 주어졌다.

이런 기적 같은 행운을 준 신과 자연과 삶과 전 우주에 감사했다. 내가, 존재하는 모든 것의 일부라는 데에 한 점의 의심도 없었다.

눈을 감고 내 깊은 영혼을 떠올렸다. 머릿속으로, 또 크게 소리를 내어 그를 불렀다.

"깊은 영혼이여, 내 친구여, 당신과 얘기를 하고 싶어요."

몇 번이나 말을 걸었지만 응답이 없었다.

더 이상 나와 함께하지 않을 것이고, 더 이상 그에게 배울 수 없을 거라고 생각하니 서글퍼졌다.

그날 밤, 막 잠이 들 무렵, 아주 멀리서 희미하게 목소리가 울렸다.

"난 너의 일부라 그 어디에도 갈 수 없어. 네게 필요할 땐 언제든 여기 있을 테니….”

제15장

몸을 회복하고, 내 사례에 흥미를 느낀 의사들의 방문을 받으며 두 주 동안 병원에 더 머물렀다.

퇴원일이 가까워질 때쯤 모두에게 닥치는 대로 간호사 페이스에 대해 물어보기 시작했다. 날 돌봐주고 그토록 친절하게 대해줘서 고맙다는 말을 꼭 전하고 싶었다. 하지만 연거푸 같은 대답만 들었다.

"이 병원에서 여태껏 일한 사람 중에 페이스란 사람은 없어요."

우리 가족들조차도 페이스와 만났던 걸 기억하지 못했다.

페이스의 존재는 내 삶에서 영원한 수수께끼로 남았다.

3개월 동안 물리치료를 받긴 했지만 결국 신체의 모든 기능을 회복할 순 없었다. 왼쪽 다리를 약간 절었기 때문에 걸을 때 지팡이를 써야 했고, 오른팔은 여전히 잘 움직여지지 않았다. 그러나 내겐 이런 것들이 전혀 문제가 되지 않았다. 사람들과 소통하고, 삶에 참여할 수 있게 되었다는 순수한 기쁨이 너무나 커, 이런 작은 장애들은 하나도 문제가 되지 않았다.

　라우라와 나는 결혼식을 올리고, 우리 세 식구는 소박한 아파트에 살림을 차렸다. 삶이 새로운 의미를 갖게 되면서 우린 아주 소소한 일에서도 기쁨을 누리게 되었다.

어느 날, 이런 경험을 통해 내가 깨닫게 된 것을 사람들과 공유하기 위해, 지금 여러분의 손에 들려 있는 이 책을 쓰게 되었다. 나의 소중한 친구이자, 형제이자, 자매인 여러분에게 묻고 싶다.

"당신은 무엇의 노예인가?"

어릴 때 받았던 상처? 어린 시절의 트라우마? 다른 누군가가 결정한 것들? 만족스럽지 못한 관계? 즐겁지 않은 일? 아니면 그저 그런 일상의 노예인가?

자신을 자유롭게 하자! 등에 짊어지고 있는 원망과 회한과 죄책감이라는 짐을 모두 벗어던지자. 잘못된 일에 대해 과거를 탓하고 다른 사람을 탓하는 걸 멈추자. 당신에겐 매일 새로 시작할 기회가 있다. 매일 아침 눈을 뜰 때 당신은 새로 태어나며, 마음에 들지 않는 걸 바꾸고, 삶을 개선할 수 있는 기회가 주어진다. 모든 것이 당신에게 달려 있다. 당신의 행복은 부모나 배우자, 친구나 과거에 달려 있지 않다. 오로지 당신 자신에게 달려 있다.

지금 발목을 잡고 있는 것은 무엇인가?

거절에 대한 두려움인가? 성공? 실패인가? 사람들이 뭐라고 말할지 두려운가? 실수를 할까봐 두려운가? 혼자될까봐 두려운가?

스스로를 옭아매는 족쇄를 풀자! 두려워해야 할 것은, 있는 그대로의 자신이 되지 못하고 원하는 걸 하지 않고 삶을 흘려보내는 것이다. 진정한 자신을 사람들에게 보여주고, 생각하고 있는 걸 말하고, 가진 걸 나눌 기회를 마냥 흘려보내지 않도록 하자.

당당히 고개를 들면, 지나간 잘못은 잊혀질 것이고 미래의 잘못은 용서된다. 당신 자신 외엔 어느 누구도 당신의 실패를 일일이 기록하지 않는다. 당신을 비난하는 나쁜 친구, 당신을 처벌하는 법 집행자, 당신을 엄하게 질책하는 판사는 바로 당신 자신이다.

오늘 당장 표현하지 않는 사랑은 영원히 사라진다. 기억하자. 인생은 너무 짧고 깨지기 쉽다. 억울해하거나 바보 같은 논쟁에 휘말려 낭비할 시간 따위는 없다. 오늘이야말로 과거의 실수를 용서하고 오랜 다툼을 접는 날이다. 사랑하는 사람에게 헌신하되 그들이 변하길 기대하지 않도록 하자. 있는 그대로의 모습을 사랑함으로써, 당신과 그들에게 주어진 가장 소중한 선물인 자유를 얻도록 하자.

하찮은 일로 안달하지 말고 관계를 즐기자. 당신이 원하는 대로 행동하게 만들려고 하지 말아야 한다. 당신이 원하는 모습으로 만들려고 하고 사람들을 통제하려고 한다면, 당신의 삶은 갈등으로 채워질 것이다. 결정을 내릴 때 모두에게 최선이 되도록 해야 한다. 마찬가지로 사람들 스스로가 결정을 내릴 수 있도록 존중해야 한다. 그러면 당신의 삶은 조화롭고 기쁨으로 충만할 것이다.

마지막 당부를 하려 한다. 당장 삶을 즐기지 않고 뭘 기다리는가? 당신의 모든 문제가 해결되길 기다리는가? 불경기가 끝나는 것? 기적이 일어나는 것? 마법처럼 모든 것이 아름다워지고 완벽해지는 걸 원하고 있는가?

이 모든 것이 삶이다! 삶이란, 당신 계획대로 되었을 때,

간절히 바라던 걸 얻게 되었을 때 일어나는 일이 아니다. 정확히 이 순간에 일어나고 있는 일, 바로 그것이 삶이다.

삶을 당연한 것으로 여기지 않는다. 매일 아침 일어나 지루해하거나 화를 내거나 걱정하는 것에 익숙해지지 않도록 하자. 눈을 뜨고, 앞을 볼 수 있다는 기적에 감사하자. 새들이 지저귀는 소리, 아이들이 웃는 소리를 들을 수 있는 능력이 주어졌음을 감사하자. 가슴에 손을 얹고 '난 살아있어. 난 살아있어. 난 살아있어.'라고 말하는 세찬 심장박동을 느껴보자.

삶은 완벽하지 않으며 어려운 일들로 가득하다. 어쩌면 삶이란 게 원래 그런 것일지도 모른다. 아마도 그렇기 때문에 역경에 맞서는 데 필요한 모든 도구가 주어졌을 것이다. 상실을 애도할 수 있도록 눈물이, 사랑을 나눌 수 있도록 시가, 서로를 안아줄 수 있도록 팔이, 다른 사람들을 도울 수 있도록 손이, 사랑을 받고 사랑을 나눌 수 있도록 가슴이, 어떤 일이 닥치든 어떻게 반응할 것인지 스스로 선택할 수 있도록 정신이 주어졌을 것이다.

당신은 완벽하지 않다. 어느 누구도 완벽하지 않다. 이미 당신이라는 존재는, 수백만 가지의 변수와 함께 여기에 왔다. 이토록 당신은 놀라운 설계에 의해 만들어졌고, 장점과

단점을 전 인류와 함께 공유하도록 되어 있다.

인간으로 이곳에 온 것을 환영한다. 기억하자. 당신이 사람들을 인정한다면, 소소한 결함들은 인간애의 일부이며 자유의 일부가 될 뿐이다.

대체 무슨 자격으로 이런 말을 하냐고? 난 아무것도 아니다. 그저 당신의 다른 모습일 뿐이다. 수십억의 존재 중 또 다른 하나일 뿐이다. 나는 자유롭기를 선택했고, 삶의 주도권을 쥐기로 결정했을 뿐이다.

당신도 그러하길 바란다.

그렇게 보낼 인생이 아니다

초판 1쇄 인쇄	2018년 1월 25일
초판 1쇄 발행	2018년 1월 30일
지은이	아난드 딜바르
옮긴이	정혜미
펴낸곳	레드스톤(주식회사 인터파크씨엔이)
등록번호	2015년 3월 19일 제 2015-000080호
주소	경기도 고양시 일산동구 호수로 672 대우메종리브르 611호
전화	070-7569-1490
팩스	02-6455-0285
이메일	redstonekorea@gmail.com

ISBN 979-11-88077-08-3 (03870)

· 값은 뒤표지에 있습니다.